# Anecdotario de una solterona
## Dalia Rodríguez Sánchez

## Tercer Puesto
## VII Concurso Internacional de Novela
## Contacto Latino

ISBN-10: 1-63065-118-4
ISBN-13: 978-1-63065-118-3


PUKIYARI EDITORES
www.pukiyari.com

*A Cristi y Marco, mis padres, por dejarme ser.*

### Agradecimientos

*A Paula Pellicer porque, sin su fe,*
*me hubiera rendido.*

*A Octavio, Andrea y Daniela Rodríguez, siempre*
*dispuestos a escuchar, a aconsejar y participar.*

*A Hubert Diédhiou, por ser compañero paciente y*
*entregado. Por su discreto silencio*
*y su invaluable asesoría.*

*A Carlos Pascual, por ser maestro implacable e*
*impulsor incansable.*

*A Jorge Cervantes, por siempre estar presente y*
*apoyando con ideas, entusiasmo y energía.*

*A Delia Vázquez y Amanda Zamudio, por compartir*
*su buen humor, ideas, experiencias,*
*reflexiones y pensamientos.*

*A los doctores Fabiola Espinosa y Jorge de la Chapa,*
*médicos más que generosos*
*con su conocimiento y su tiempo.*

*A Julio Velázquez, por sus mágicas asesorías.*

*A Irene Reyes, por encontrar siempre*
*el mejor ángulo de todo.*

# 1

Mi madre falleció en diciembre. La criada la encontró muerta en su cama el lunes y Fer me dijo que su deceso sobrevino entre el sábado y el domingo. Yo sé que fue el sábado 10, por la tarde, probablemente a las 7:47 p.m. y sin duda maldiciéndome.

Cuando ocurrió el temblor me sentí distinta, tuve un ataque de pánico y pensé en mi madre. Es cierto que los terremotos logran sacar mis miedos más profundos, pero nunca había tiritado así ni sudado frío. Al terminar el sismo hice un gran esfuerzo para calmarme y traté de comunicarme con mamá, pero no lo logré, cosa que atribuí a la saturación de las líneas. Decidí dejarlo para el domingo. Volví a llamar y tampoco me respondieron. No me extrañó. Mi madre conocía bien mi número y había mandado poner un identificador de llamadas para poder ignorarme cuando estuviera enojada conmigo, que era muy seguido, más aún después de un temblor.

Aunque la criada tenía que darle el desayuno a las ocho de la mañana, me llamó hasta las once para decirme que mamá no se movía. De inmediato supe que estaba muerta y descansé. Tranquilicé a la muchacha, llamé a Fer, que vive en la casa contigua a la de mi madre y salí para allá llorando, sin angustia, con un llanto continuo, interminable, pero liberador, que dejaba salir la tristeza de perder a mamá, con la serenidad de haber sido una buena hija, a pesar de lo que viví con ella.

Aunque… quizá no fui tan buena…

Cuando llegué, Fer ya había examinado a mamá. El cuarto tenía un olor muy desagradable pero no era sólo el de mi madre muerta, sino que toda la casa parecía estar podrida, crujía más que nunca y las paredes rezumaban mugre. Había un hedor nauseabundo a orines y excremento, además se notaba que las ventanas no se habían abierto en mucho tiempo. La capa de polvo sobre los muebles delató la flojera y desidia de la criada. ¡Qué horrible peste!

—Fue un paro cardiaco, chaparrita —me dijo Fer—. ¿Cuántos años tenía?

—Ochenta y cuatro —dije, asomándome a verla. Estaba horrible, con las plastas de maquillaje todas corridas. No quería verse vieja y se maquillaba tanto y tan mal que tal cantidad de afeites la hacían parecer un muñeco diabólico o una figurilla de cera a medio derretir.

—Te voy a hacer el certificado de defunción. Cuando menos murió en su cama, probablemente estaba dormida —me dijo condescendiente.

—Tú bien sabes que no. Murió a la hora del temblor y pensando las terribles cosas que yo estaría haciendo. —Rompí a llorar. Fer me abrazó.

—Es lo más probable, chaparrita, pero eso no la mató. Estamos en la Ciudad de México, tiembla todo el tiempo y si pensar mal de ti la iba a llevar a la tumba, se habría muerto hace cuarenta años, por lo menos. Además, si no se levantó al ver que le trajiste al médico maricón de su vecino a darle auxilio, pues nada la iba a salvar.

Nos reímos. Fer tenía razón. Si mi madre no resucitó ante la perspectiva de que la auscultara un homosexual, pues entonces nada podría revivirla.

—Tienes que hablarle a tu hermano, anda. Yo mientras preparo el papeleo.

Le hablé a Santiago. Desde luego que la noticia lo entristeció mucho, aunque no le cayó de sorpresa. Quedó de venir al día siguiente, con Elvia. Sus muchachos estaban en exámenes y no podrían presentarse. Era un buen pretexto para no asistir al funeral de su insoportable abuela. Avisé a los parientes y a la gente de la iglesia, que sin duda estarían felices de rezarle mucho y de hablar mal de mí a mis espaldas, alabando a mi madre y lamentándose de que tuviera una hija de vida licenciosa. Fer me entregó el certificado.

*Causa de la muerte: paro cardiaco.*
*Fecha: 10 de diciembre de 2011*
*Hora: 20:00 hrs.*

—No murió a las 20 horas, murió a las 19:47, Fernando. A la hora del temblor —dije enfadada.

—Mira, el médico soy yo y digo que fue a las 20 horas. No te voy a dar pretextos para que hagas una tragedia con la hora de su muerte, ya bastante tienes con organizar todo lo del velorio.

Hacía tiempo que había comprado los servicios funerarios para mi madre y para mí. Ella se ofendió cuando lo supo y por supuesto le contó a todo el que pudo que yo la quería muerta. No me arrepiento, cuando llegan estas cosas es mejor estar preparada. Llamé a la funeraria. Programé una misa de cuerpo presente en la mañana, antes de la cremación y, aunque ya estaba jubilado, le pedí al padre José Luis que la oficiara. La verdad, mandé cremar a mi madre sin el consentimiento de Santiago. Tuve muchas razones para hacerlo: no quería ir a visitarla, no quería pagar para que cuidaran su tumba, no quería que estuviera junto a mi papá, no quería… en fin, miles de razones pero, la más importante, fue porque ella no quería que la cremaran. Decía que la iglesia prohibía la cremación y que si la incineraban no podría resucitar el día del juicio final. Tampoco quería quemarse en las llamas del infierno. Como su obsesión religiosa me llevó al ateísmo y me hizo dudar de la existencia del averno, quise asegurarme de que algún fuego la alcanzara por tanto mal que hizo en vida. Era perverso, era terrible, pero era liberador.

Cuando Santi llegó, se sorprendió al ver que la cremarían. Me lo reclamó, pero no sé qué o cómo le contesté, que ya no protestó. Resignado, me pidió llevarse las cenizas y se lo concedí, yo pensaba tirarlas por ahí y en cambio él podría sentirla junto y a salvo de mi desapego.

Escuché la misa estoicamente y respondí a tiempo cada vez que tocaba hacerlo. Logré acordarme de todo. Tal vez porque no quería que las amigas beatas de mamá tuvieran pretexto para tacharme de hereje; tal vez porque, de tanto repetirlo durante mi infancia, mi inconsciente había surgido para ayudarme a salir de ese trance. Además, hay que decir que el padre José Luis volteaba a verme en el momento adecuado, para que yo no fallara. Lloré mucho, pero creo que más por la tensión que me implicaba ver aquellos ojos inquisidores mirando cada movimiento que hacía; tal vez por ver después de un par de años a Santi y a Elvia; tal vez del coraje de ver a mi tía Prudencia regodeándose por la muerte de mi madre y creyéndose inmortal con sus noventa y dos años encima, yendo y viniendo sola, sin necesidad de anteojos ni bastón. De cualquier modo, haya sido por lo que haya sido, cumplí socialmente con aparentar tristeza y no me consideré culpable por no sentir dolor.

Antes de que la metieran al horno, me quité un crucifijo que ella me regaló cuando yo era niña y lo arrojé sobre su pecho para que se quemara con ella, pero luego me arrepentí. Después de todo, me lo había dado de corazón, con toda su alma y con todo el cariño que podía sentir por mí. Le pedí al encargado que me lo devolviera. Santi se alegró. Luego vimos cómo entraba al horno y salimos abrazados. Un par de horas después nos entregaron la urna y Santi la tomó en sus brazos, con gran horror de la pobre de Elvia, quien siempre ha sido una timorata empedernida. No creo que le haya hecho gracia llevarse las cenizas de su suegra a su casa y menos estar junto a ellas todo el camino de regreso a Guadalajara.

Lo único bueno del evento fue ver a Santi y a Elvia. También a mi prima Margarita, al padre José Luis, a Bertha, a Bernardo, a la madre Graciela. No tuve que ver a Jiménez ni a Lomelí, que se conformaron con mandar un enorme arreglo floral en nombre de la compañía y un mensaje de pésame a mi correo; iniciativa, sin duda, de sus respectivas secretarias. Casi lloro al ver a don Benito y a los trabajadores de la constructora, perdiendo un día de sueldo para acompañarme. Me hizo falta la hermana Isabel. Papá no. Me hace falta cada día desde que se fue, pero no habría soportado verlo llorar la muerte de mi madre. Ha sido la única vez que agradecí que se hubiera muerto antes que ella.

Una vez terminado el servicio y para impedir que mi tía Prudencia se invitara a tomar "un tecito" en mi casa, volví a mi departamento sola, liberada y sintiéndome muy bien de haber tenido tan malos pensamientos.

## 2

No quería volver a la casa de mi madre porque es la viva imagen de una mansión en una película de terror, dado lo abandonada que se encuentra. Dejé pasar enero y febrero, pero en marzo no encontré más pretextos y decidí mudarme.

❀❀❀

¡Está peor de lo que me acordaba! La pintura, que otrora fuera blanca, está descascarada y las paredes llenas de salitre. Un bosque amarillento, fantasma de un jardín, es hogar de gusanos, ratas del tamaño de conejos, telarañas con sus respectivas tejedoras y los cascarones vacíos de sus víctimas. Una puerta de metal picada, llena de herrumbre, chilla como alma en pena cuando se abre para llevarte al interior. Ahí me reciben pisos de madera carcomidos por la humedad y las polillas, mismas que han abandonado el edificio sin razón aparente. Yo estoy convencida de que se fueron por hartazgo, o tal vez porque extrañan el olor rancio de mi madre ya que, curiosamente, desaparecieron después de su muerte.

Los muebles, adquiridos en la modernidad de los años sesenta, parecieran ser de fines del siglo XVIII por lo cascados que se ven. Lámparas de las que cuelgan cuentas de cristal cortado, están adornadas con tiras de huevos de moscas y telas de araña. Bellísimas cortinas de gobelino francés se sostienen de frágiles cortineros. Basta tocarlas o jalarlas levemente para que se desgarren en tus manos despidiendo nubes de polvo que podrían ser un arma letal en cualquier guerra.

En la cocina, las cucarachas se han vuelto tan descaradas que ya no se esconden cuando entro. Es evidente que las mascotas se parecen a sus dueños, pues, sabiendo el asco que me dan, no dejan de volar, haciéndome gritar y renegar de mi vida, lo mismo que me provocaba mi madre. Se abalanzan sobre mí y quisiera aplastarlas pero no puedo. Tan sólo de pensar que tronarán bajo mi zapato, siento que perderé el conocimiento y que, al despertar, las hallaré sobre mí, asfixiándome, pero sin matarme, porque el placer lo encuentran en el sometimiento y el terror, no en la muerte. ¡Dignas mascotas de una madre como la mía!

El único lugar que me sigue gustando es el rinconcito que le pertenecía a mi papá. Cuando se fue de la casa mi madre quiso tirar sus cosas. Estaba furiosa con él y se metió a su biblioteca mientras vociferaba. Escuché que algo se rompió y fui corriendo. Ya no pude salvar el tintero bávaro de cristal, pero tuve valor para detenerle las manos cuando intentaba arrancar las hojas de sus libros. No sé qué furia vio en mí, pero comenzó a llorar, se soltó de mis manos, corrió vociferando y se encerró dos días en su recámara. Yo aproveché para buscar la llave de la biblioteca, cerrarla y llevarla al cuello como un amuleto en una cadena de oro junto al crucifijo que ella me regaló. Cuando salió de su cuarto estuvo un mes sin hablarme. Durante ese tiempo gritaba siempre que me sentía cerca y se ponía a rezar muy fuerte. Pasadas dos semanas del abandono de mi papá se dio cuenta que no volvería y comenzó a hacer llamadas a mis tías y a los amigos para que se enteraran de que mi padre era un monstruo y yo una hija desagradecida. Un mes después se decidió a hablarme y luego me obligó a confesarme y hacer penitencia porque, según ella, había visto al diablo en mis ojos. Fue la única vez que pude someterla y nunca más se metió con mi padre ni con sus cosas, tampoco trató de entrar en la biblioteca. Es el lugar menos deteriorado de la casa pues me he encargado de mantenerlo en buen estado y es la única razón por la que quiero conservar esta casa de mierda.

Nadie podría imaginar lo hermosa que fue esta morada en sus tiempos de gloria. Siempre blanca, con sus balcones de herrería, cada uno con tres macetas llenas de flores, los marcos de las puertas y de las ventanas pintados de rojo ladrillo. Un jardín inmaculado, con matas de rosas y un árbol enorme bajo el que era una delicia sentarse a leer en las tardes de verano. Papá amaba su casa y procuraba mantenerla intachable. Muchas de las fotos históricas de los sesentas captaron mi casa y la pusieron como ejemplo de buen gusto y distinción. Papá decía que nuestra casa era un adorno digno de la Ciudad de México. Yo estoy de acuerdo, lo era.

En aquellos años mi madre era distinta, limpia hasta la exageración y siempre ocupada de su familia. No me permitía salir si no me había peinado con dos trenzas o una cola de caballo que estiraba sin piedad con un cepillo de alambre que se me encajaba en el cuero cabelludo. Fijaba el peinado con jugo de limón que muchas veces se metía en las pequeñas heridas provocadas por las púas del cepillo haciéndome gritar, cosa que la irritaba tanto que me jalaba más. Lo peor del asunto era deshacerme el peinado por la noche, pues era obligatorio cepillármelo por lo menos cien veces antes de trenzármelo para dormir. ¡Cuánto maldije la hora en que se pusieron de moda las lacas en espray para el cabello! Cepillarse el pelo lleno de goma era la peor tortura de todas. De todos modos, me crie bajo su ojo estricto e incluso a veces me parecía que me quería, que se preocupaba por mí. Cuando me peinaba o me revisaba para ir a la escuela o a misa era el único momento en que sentía que le importaba.

Caso muy distinto el de mi hermano Santiago, tres años mayor que yo. Él era lo que yo llamo "primogénito sustituto". Mamá perdió al primer hijo durante su embarazo y lo lloraron tanto que la llegada de Santiago les pareció milagrosa. Incluso lo llevaron a presentar con todas las vírgenes de moda, que incluyen a Nuestra Señora de San Juan de los Lagos, la Virgen de los Remedios y desde luego la Virgen de Guadalupe. Mis padres nunca fueron muy guadalupanos pero siempre le daban las gracias, yo creo que "por si acaso".

Santiago podía hacer lo que quisiera: me jalaba las trenzas, me decía fea, greñuda, me empujaba en el lodo para que mi madre me regañara por ensuciarme y me hiciera lavar la ropa y el piso de la cocina "a rodilla". Cuando terminaba de lavar, él entraba a la cocina con los zapatos llenos de lodo para que yo tuviera que volver a comenzar. Hace unos años me confesó que me espiaba y cuando veía que ya iba a terminar, salía a buscar un charco o de plano él hacía lodo en el jardín para hacerme rabiar. Mi madre lo regañaba, pero eso no me libraba de un pellizco ni impedía que yo tuviera que tallar de nuevo el piso con "escobeta de popotillo". Me tenía que dar prisa pues no podía dejar de hacer los deberes ni mi tarea correspondiente a la tarde, que podía ser tejido o bordado.

Una vez a la semana iba a clases de piano, que me gustaban mucho porque siempre he amado la música, por desgracia la música no me ama a mí. Papá soñó con que yo tocara el vals *Capricho* de Ricardo Castro, pero nunca pude tocar esas piezas tan difíciles. También estuve en el coro de la iglesia. Como mis padres eran benefactores de la parroquia, el director del coro no tuvo más remedio que admitirme, pero con la condición de que cantara quedito y me sentara hasta atrás. Para lo único que sí soy buena hasta la fecha es para aprenderme las letras de todas las canciones que escucho, ¡lástima que eso no sirva de nada a la hora de querer cantar!

Mi madre me enseñó a cocinar algunas cosas, pero fue la hermana Isabel, la cocinera del colegio, quien me enseñó todo tipo de platillos, desde *sangüis* de jamón y tortas de queso de puerco con aguacate y chipotle, hasta codorniz en salsa de nuez al vino tinto y canapés de caviar, pasando por aprender a hacer salsa de molcajete porque *en la licuadora se le hace espuma* y moles de todos los colores en el metate porque *guisar mole del mercado es para mujeres incompletas y fodongas*. Por supuesto sé echar sopes y tortillas y preparo tamales con cacahuazintle y guisado de tomatillo.

❀❀❀

Voy a abrir todas las ventanas, a ver si logro que desaparezca este olor acre. Mientras tanto voy a vaciar tres latas de insecticida en la biblioteca de papá. Afortunadamente aún está ahí la cama donde durmió los últimos años que permaneció en la casa, la cual ocuparé mientras logro poner todo en orden. No sé ni por dónde empezar. Para colmo Bernardo y el ingeniero Jiménez me pidieron que les diera tiempo mientras encuentran quién tome mi puesto y tengo que ir a trabajar mañana, pero no me importa, sólo serán un par de meses a lo sumo.

Me sorprendió saber que mi madre me dejó todo el dinero, pero más me sorprendió que fuese tanto. En realidad papá trabajó mucho y no era manirroto. Así nos enseñó a vivir a todos y mamá no era una mujer de lujos, al contrario, era una perfecta ama de casa que estiraba el gasto. Nunca fue esclava de la moda, se conformaba con ir dos veces por semana a peinarse al salón de belleza que estaba a una cuadra de la casa y no le importaba repetir vestidos, así que no gastaba gran cosa en ella. Santi me dijo que él no iba a recibir nada porque ya le habían dado herencia en vida; pero, conociendo a mi madre, pensé que no me iba a tocar un solo centavo. La última vez que nos peleamos me juró que iba a entregar todo a la beneficencia. Al parecer papá determinó un porcentaje para cada uno; pero, como le dio una gran cantidad a Santi para que echara a andar su negocio en Guadalajara, el testamento quedó todo a favor de mi madre y ella respetó su decisión de dejármelo todo a mí. Supongo que le dio pereza cambiar el testamento que papá le hizo firmar, o tal vez lo hizo de corazón. No lo sé, es muy difícil pensar que hubiera hecho algo por mí sin malas intenciones. Puedo vivir con los intereses del dinero mientras logro abrir el café que siempre he soñado, además ya no tengo que pagar la renta del departamento y me prometieron una buena liquidación. ¡Pero esta casa! Voy a tener que apechugar, espero soportarlo. Por lo pronto habrá que comprar más insecticida.

Tenía mucho miedo de volver aquí ahora que ya no está ella. Miedo de ver su fantasma pegado a las paredes, marcado sobre el polvo de los muebles, adherido en la humedad de los techos, incrustado en las velas de los santos. Recuerdos se agolpan en mi mente y quieren salir al mismo tiempo. He amado mucho a esta casa y me duele el estado en que se encuentra. Me siento mareada y si no me he desmayado es únicamente para que las cucarachas no se aglomeren sobre mi cuerpo, pero no puedo contener las lágrimas ni los alaridos.

Me acabo de dar cuenta de algo: ¡Extraño a mi madre, con una chingada!

# 3

¡Qué asco me dio echar el insecticida! Debí venir antes de empacar todo para la mudanza, sobre todo antes de vender mi cama. ¡Antes de rescindir el contrato de arrendamiento de mi departamento! Pero ya no tiene sentido quejarse. A buscar el plumero y empezar por arriba. Como decía mamá: «Si no quieres trabajar doble, empieza por las partes altas».

Hice bien en correr a la sirvienta. ¿Qué diablos habrá hecho todos los días? Aquí hay polvo por lo menos de un año. ¡No puedo creer que una persona cobre por no hacer nada! No la eché por eso, fue porque era cómplice de mi madre hasta en las cosas más absurdas, incluso creo que ella terminó de volverla loca. La última vez que vine, mamá estaba convencida de que si bajaba al primer piso algo terrible iba a pasar. Nunca me dijo qué. El caso es que no quería ya salir de casa, ni siquiera de su recámara. La descarada de la criada nos insistía en que le avisáramos cuando íbamos a venir, según ella para prepararnos algo de comer distinto a la dieta a la que estaba impuesta mi madre, que ya no podía comer más que caldo de pollo con arroz. Ahora comprendo que era más bien para limpiar lo indispensable.

No sé qué hacer con las cortinas. Me gustaría arrancarlas y tirarlas a la basura, pero no quiero que la casa quede a la vista de todo el mundo. Creo que mandaré a hacer unas y ese es otro problema, porque me encantan las cortinas clásicas aunque hacen oscura la casa, y a mí me gusta mucho la luz. Eso se lo heredé a mamá. Siempre tenía las ventanas abiertas para que se ventilara todo y le diera el sol. Le gustaban las cosas alegres y modernas, aunque su modernidad se quedó atrapada en los setentas. Tal vez por mi culpa. Le preocupaba mucho traer al mundo a una niña en *estos tiempos de perdición*. Constantemente repetía que Santi no le preocupaba, pero que no sabía qué sería de su hija, con un carácter tan débil, una salud tan frágil y sin un hombre que viera por ella.

¡Qué demonios! Lo de la salud frágil lo inventó ella luego de una visita que hicimos al pueblo de su nana. A mi madre no le gustaban los pueblos ni las *cosas de pobres*, pero sabía *la importancia de tener buenas relaciones con la plebe*. Muy pronto olvidaba que su papá había sido albañil y que por un golpe de suerte encontró un cofre lleno de oro en una excavación. Ciertamente hay que reconocerle a mi abuelo que supo sacar provecho del hallazgo y puso una tienda de abarrotes que resultó un gran negocio.

El caso es que fuimos al pueblo porque mis papás serían padrinos de un sobrino-nieto de la nana. Hubo una ceremonia muy bonita que ofició un sacerdote que tenía *voz de calandria*. Al menos esa fue la opinión de todos. El ropón *carísimo de blanco inmaculado* que trajeron mis papás *de la capital* fue muy comentado. Papá había juntado muchos pesos de plata y los arrojó en el bolo. Salió de la iglesia como si fuese un héroe o un dios que bajó a convivir con los mortales. ¡Se veía tan orgulloso! Mamá se mostraba condescendiente y procuraba no acercarse mucho a la gente, como si le fueran a pegar una enfermedad. La fiesta fue en grande y comimos muchos tlacoyos de haba, que son mi fascinación. Me gustaban mucho esas fiestas ya que todo era nuevo para mí y había muchas niñas con quienes jugar. Santi se iba con los niños a matar algún animalito a pedradas y a mí me prestaban las muñecas de trapo y cosas talladas en madera, juguetes con los que mamá nunca me habría permitido jugar en casa. Las señoras grandes nos regalaban un poco de masa y podíamos jugar a la comidita de verdad. Papá se la pasaba cantando corridos con los señores y siempre salía con unas copitas de más, cosa que mi madre le reclamaba durante mucho tiempo.

Un par de meses después del bautizo sonó el teléfono a las dos de la mañana asustándonos a todos. Hablaban del pueblo de la nana. El ahijado había muerto ahogado en el pozo. Desapareció un par de días antes y sólo cuando el pozo comenzó a despedir un olor nauseabundo se percataron de que se había caído ahí. Eso fue lo que nos dijeron, pero yo me acordaba que era un bebé de brazos, no me parecía lógico.

Tuvimos que ir al pueblo otra vez, pero ahora no era divertido. Papá estaba muy serio, Santi enfadado y mamá inconsolable, yo no sabía por qué, pues sólo vio al niño una vez y así se lo dije. De inmediato recibí un coscorrón.

—¡Los niños son ángeles de Dios! —gritó muy ofendida.

Nadie habló más durante el trayecto, sólo se escuchaban los sollozos de mamá y mi llanto, no tanto por el dolor del golpe sino del coraje por lo injusta que me pareció la reprimenda. Papá iba muy molesto, creo que también por el castigo innecesario y Santi no sabía qué hacer, lo único bueno fue que no me molestó durante el camino.

La casa de la nana tenía unos moños negros enormes en la entrada. Desde la puerta se escuchaban unos gritos horribles que me parecieron fantasmales. Jalé la falda de mamá y le pregunté qué era eso.

—Son plañideras.

—¿Qué es eso? —dije muerta de miedo, porque el nombre me parecía todavía más feo que sus gritos.

—Son mujeres que contratan para que lloren en los velorios. Es tradición en algunos lugares.

No entendí ni he entendido a las plañideras, no creo que a los muertos les halaguen semejantes gritos, menos a los vivos. Cuando entramos había velas por todos lados y olía raro. Un señor viejito tenía unas hierbas en la mano y quemaba algo en un anafre. Hablaba cosas que no se entendían. La nana, al vernos llegar, se secó las lágrimas y corrió a saludar a mis papás.

—¡Ay, Matildita! ¡Dios no permita que tengas una pérdida como esta nunca! —le dijo a mi mamá. De pronto, sin que yo me lo esperara, me abrazó de un modo que casi me ahoga y comenzó a llorar—. ¡Mi angelito! —chilló—. ¡Los niños no deberían morirse nunca!

Y me abrazó aún más fuerte. Mamá volvió a llorar como una Magdalena. A mí me dio una tristeza muy grande y lloré también. Papá, que no sabía qué hacer cuando alguien lloraba, me abrazó y comenzó a rascarme la cabeza, en un intento de caricia. Lo hacía demasiado fuerte, pero a mí me gustó su cercanía y no dije nada. Dejé de sollozar.

Nos sentamos en un rincón de la casa. Los gritos de las plañideras cada vez daban más miedo, hacían algunas pausas pero retomaban los alaridos con más fuerza. Había unas señoras junto a mí y conversaban, según ellas, en voz baja.

—Las autoridades deberían hacer algo. ¡Ese bebé no pudo subir solo al pozo! —mascullaba una.

—Pos sí está muy raro. Dicen que fue la Felicia, la querida de Juan, que había jurado que si se casaba con otra se iba a arrepentir —comentó otra.

—Era de esperarse. ¡Es una cualquiera! ¡Esa es bruja! Todo el mundo lo sabe —terció una señora que sí parecía bruja.

—Pero no hay modo de que Felicia entrara en la casa, sacara al bebé y lo echara en el pozo —dijo molesto un señor que estaba con ellas.

—¿No le estoy diciendo que es bruja? Si ella es nieta de Casilda, que todo el mundo sabe que practicaba la magia negra —dijo con suficiencia la mujer con cara de bruja—. Yo por eso traje a don Sebastián, para que haga la limpia de la casa, porque la madre está muy nerviosa y no me sorprendería que también amaneciera muerta.

—¡Cómo no va a estar nerviosa si se ahogó su hijo! —dijo el hombre, ya bastante enojado—. Dejen de inventar tonterías, viejas chimiscoleras.

A cada palabra que escuchaba yo me asustaba más y sentí que se me iba a salir el corazón de tan fuerte que latía. En ese momento invitaron a todos a rezar el rosario. Tal vez haya sido la única ocasión en que me gustó rezarlo porque así dejé de escuchar esas cosas espantosas. Hasta lo hice con fervor. Eso sí, procuré ponerme lo más atrás posible para no tener que estar junto al bebé muerto. Las palabras de las viejas horribles retumbaban en mi cabeza y sólo atinaba a responder "ruega por él" como si me encontrara en otra parte.

*¡Ese bebé no pudo subir solo al pozo!*

¡Ruega por él!

*Dicen que fue la Felicia, la querida de Juan.*

¡Ruega por él!

*¡Esa es bruja! Todo el mundo lo sabe.*

¡Ruega por él!

*La madre está muy nerviosa y no me sorprendería que también amaneciera muerta.*

¡RUEGA POR ÉL!

Yo ya no veía nada claramente. En algún momento mi papá me tomó de la mano y comenzamos a caminar. Unos hombres cargaron la cajita con flores blancas y listones azules donde venía el niño muerto y se encaminaron a la iglesia. De donde estaba la caja salieron corriendo unas cucarachas enormes. Varias de ellas tronaron bajo los zapatos de la gente del cortejo. ¡Tan solo de acordarme me dan escalofríos! También vi una cruz blanca, un plato con cebollas y medio chilacayote. ¡Nunca he sabido para qué ponen esas cosas! Por alguna extraña razón las cucarachas no se acercaron a esa comida. Una vieja comenzó unos cantos horribles y la secundaron las otras. *¡Qué horror! ¡Prefiero a las plañideras!* Me quedé parada y papá optó por cargarme. La iglesia, por fortuna, quedaba muy cerca de la casa. Ya en el recinto pararon los llantos por un rato. Ofició el mismo padre que había oficiado el bautizo y me dio algo de calma escuchar su voz. Nosotros nos sentamos hasta adelante junto con los padres del muertito. *¡El muertito!* ¡Qué horror! Ya estoy pensando como anciana.

Me fui tranquilizando mientras pasaba la misa. Recé con fervor, pero a la hora de las palabras del sacerdote todas las viejas comenzaron a llorar y me volvió a dar tristeza. Hasta Santi me pegaba en la cabeza como queriendo consolarme. Cuando sacaron la caja todos se pusieron de pie y pasó frente a nosotros el hombre ese que estaba haciendo la limpia en la casa de la nana. Me aterré de pensar que escuché decir que era brujo. El sacerdote se veía molesto mas no dijo nada. El hombre echaba un humo que me mareó. Volteaba a todos lados y sólo veía faldas y pantalones. Me sentí ahogada.

❀❀❀

Lo siguiente que recuerdo es haber despertado en casa de la nana, ¡en el mismo cuarto donde estaba el muerto! Frente a mí, el brujo con unas ramas que comenzó a sacudir sobre mí y mi papá furioso diciendo que lo sacaran de ahí. Podía ver la cruz de cal, las cebollas, el chilacayote y las cucarachas que caminaban como desesperadas por todas partes. Me levanté asustada y me abracé a papá, quien ya no quiso esperar más. Me cargó y me sacó del lugar, pese a las súplicas de mi madre que le pedía que esperáramos al médico. Se despidió cortésmente de todos, empujó al brujo y me alejó de esa casa. Me subió al auto y por fin me sentí más tranquila.

Papá iba enojadísimo con mamá quien no se atrevía a decir mucho. Santi me miraba asustado pero como que le daba miedo tocarme.

—Debimos esperar al médico —lloraba mamá—. No vaya a ser algo del corazón.

—¡Qué corazón ni qué… mis narices! —dijo papá conteniéndose—. Esta niña está asustada. Sólo a ti se te ocurre traer a los niños a esto. Te dije que se los dejáramos a mi mamá.

—¿Qué es una *querida*? —pregunté. El silencio se hizo y papá miró a mi madre con odio.

—¡Esas son cosas de grandes! —respondió ella, tratando de zanjar el asunto.

—¿Por qué preguntas eso, nena? —quiso saber papá.

—Porque escuché que la querida de Juan es bruja y había matado al bebé.

—¡¿Ves las tonterías que hay que soportar?! ¡No te vuelvo a hacer caso! Los niños no tienen por qué venir a estas cosas —le gritó a mi madre. Luego dijo dulcemente, seguro de que yo quedaría convencida—: No te preocupes, nena. Las brujas no existen.

Y el resto del camino regañó a mi pobre mamá, hablando de las supersticiones. Ella se defendía diciendo que él fue quien quiso ser padrino del niño y todo fueron reproches. Pero a partir de ese día mamá decidió que yo tenía un mal incurable del corazón. En cuanto llegamos hizo ir a casa al doctor Carranza, que era el médico de la familia y por más que intentó no logró que él le dijera que yo tenía un mal cardiaco.

—No, Matildita —respondía con toda paciencia—, la niña se desmayó por las circunstancias. Seguramente había mucha gente y no podía respirar bien. Esas cosas pasan porque se olvidan de que hay niños y los van aplastando, pero la nena no tiene nada.

—¡Ay, doctor! Pero así le pasaba a mi tía Tricita y murió de angina de pecho…

—Muchas gracias, doctor —dijo fuerte mi papá, dándole la mano a Carranza—. Sentimos mucho haberlo hecho venir sin necesidad.

—De ninguna manera, Roberto. Cuando hay un desmayo siempre es preferible verificar que todo esté bien…

Y salieron de la habitación. Mamá se acercó a mí y me abrazó llorando. Entonces se quitó un Cristo que llevaba al cuello y me lo puso.

—Él te va a proteger.

Me santiguó, se secó las lágrimas y salió de mi recámara apagando la luz y dejándome con todos mis miedos y un Cristo del cual no sentía protección alguna. Lloré un buen rato sintiéndome desvalida, viendo sombras por todos lados. Vi una sombra en la puerta y metí mi cabeza debajo de las cobijas esperando que la bruja viniera a matarme.

—¿Qué te pasa, nena?

¡Era Santi! Se acercó a mi cama y me abracé a él.

—¡Es que tengo mucho miedo de que la bruja venga a matarme! —Y lloré.

Santi tembló un poco pero se repuso.

—No te preocupes, nena. Papá dice que las brujas no existen. Además, si alguien quiere hacerte algo, aquí estoy para defenderte. Te voy a dejar la luz prendida.

—Mi mamá se va a enojar. Dice que así no se descansa —repliqué entre sollozos.

—No se va a dar cuenta. Yo voy a venir a apagarla en cuanto amanezca.

De pronto quedé tranquila y dejé de llorar. En cuanto salió Santi de la habitación caí rendida. Cuando desperté en la mañana la luz estaba apagada y le agradecí a Dios por haber evitado que la bruja me matara.

❀❀❀

Así me siento esta noche en esta casa fantasmal y casi en ruinas, solo que no tengo a mi hermano cerca para que me defienda. Me parece que no voy a dormir durante semanas, como me pasó entonces, que despertaba a media noche gritando, veía brujas entrando con sus escobas, cualquier sonido extraño me parecía que eran cucarachas crujiendo al ser aplastadas por demonios terribles que gemían como las plañideras e imaginaba niños muertos por todas partes. Santi fue el que me ayudó a olvidar eso, yendo conmigo cuando había que dormir y encendiendo la luz de mi recámara luego de que la apagara mamá, para que yo no me asustara. Hoy no tengo más protección que los sebosos santos de mi madre y el recuerdo borroso de papá. ¡Que ellos me protejan de las cucarachas!

## 4

¡Qué ridícula me sentí esta mañana al salir del estudio con una escoba como arma! Si me hubiera visto mi abuela Camerina, me habría dado un pellizco y luego le diría a mi mamá que por su culpa yo era débil y consentida. Entonces mi madre me daría un coscorrón cuando nadie la viera, otro pellizco para rematar y luego me reclamaría que por mi culpa la bruja de mi abuela la criticaba.

✿✿✿

Si comienzo por la recámara de mi madre, todo será más fácil después. Una sacudida rápida general y a tirar lo que no sirva. ¡Esa criada no tiene vergüenza! Hasta pedazos de pizza hay en el piso y hacía años que mamá no comía más que caldo de pollo porque todo la hacía sentirse mal. Como lo imaginé, el clóset está lleno de porquerías y hay dos cajas gigantescas, no sé qué es lo que tendrán. También encontré un "Sagrado Corazón" que pinté. Lo tenía en su armario en un altar con veladoras consumidas, una foto mía, otra de mi papá, la de Santi no estaba. No entiendo cómo es que no se incendió la casa con tanta vela.

La primera caja está llena de manteles, casi todos bonitos, aunque muchos están maltratados. Afortunadamente no tienen polilla. No entiendo a las polillas que vivieron en la casa. Teniendo tantas telas inútiles y deliciosas a disposición aquí arriba, prefirieron comerse los pisos de madera que me gustaban tanto. Por más que le dije a mi madre que necesitaban mantenimiento nunca me hizo caso. Desde que papá se fue de la casa sólo pude darles tratamiento un par de veces, con el pretexto de las prácticas de la escuela, pero una vez que me recibí ya no me dejó y luego no me interesó. En fin, los manteles que están en estado aceptable habrá que lavarlos, a ver si no se deshacen y remendarlos si es necesario. Pero eso lo dejaré para después.

Para mi sorpresa, la otra caja está llena de los bordados y tejidos que hice en la escuela. Hay una infinidad de carpetas, mantelitos individuales, fundas para almohadas, cojines y hasta una colcha tejida a gancho. También me sorprendió que todas las carpetas que encontré puestas en la recámara fueron hechas por mí. No sé si las quitaba cuando yo venía de visita o si las puso después de que nos peleamos la última vez, yo nunca las había visto puestas, ni cuando las acababa de hacer. Parece que le gustaba lo que yo hacía, aunque jamás me lo dijo.

Las cosas que bordé se ven muy bonitas, claro que no tiene ninguna gracia que yo bordara bien. Mis padres me inscribieron en un buen colegio de monjas y ahí pulí todas las habilidades asimiladas en casa, además aprendí a hacer la letra redonda y parejita con plumilla y tinta china, a pintar bodegones en sepia y paisajes con casitas en colores pastel. También pinté una Virgen de Guadalupe que el padre Fulgencio me pidió para ponerla en el altar principal de la capilla. Fui la mejor alumna del catecismo y gané dos años consecutivos el concurso de *spelling* en inglés, tres años el concurso de declamación y oratoria y durante los seis años de primaria, tres de secundaria y tres de preparatoria el primer lugar de puntualidad.

No padecí más ni menos que otras niñas. Mi único sufrimiento lo causó la hermana Hortensia, mi maestra de cuarto de primaria y tía, para mi desgracia, de mi amiga Elvia. Nunca le caí bien, nadie sabía por qué pero me agredía constantemente, sin razón aparente. Quizá le molestaba que yo sacara mejores calificaciones que su sobrina porque, como bonita, Elvia es de las mujeres más hermosas que conozco, en todos los sentidos, pero nunca fue lo que llaman una "niña de dieces". La madre Hortensia no podía reprocharme nada en lo académico, aunque me bajaba puntos con cualquier pretexto y con ella obtuve el único siete de mi vida. Había hecho un dibujo muy bueno, al menos para la edad que tenía. Hasta Lucrecia, una niña que me odiaba, consideró que era bellísimo. La monja satánica, así le decíamos en secreto Elvia y yo, recogió los dibujos de mala gana. Al arrebatarme el mío, lo jaló con tal fuerza que lo desgarró. Entonces decidió que yo era muy descuidada por romperlo y que merecía un siete por ello.

Fuera de la madre Hortensia, las monjas me pusieron siempre como ejemplo para todas las demás niñas. El más grave de mis pecados fue que me hice novia, a escondidas claro está, de David, el primo de mi amiga Elvia. Sólo éramos novios porque un día vio una foto que nos sacaron en una convivencia del colegio y dijo que era yo tan bonita que quería casarse conmigo, hasta me mandó con ella un anillo de latón para sellar nuestro compromiso. Tenía un corazón al centro pintado con barniz de uñas rojo. Por ahí debo tenerlo, guardado con mis tesoros, pues es el regalo del hombre que me fue más leal en toda mi vida.

Ahora que recuerdo, en mi recámara debe estar escondido el diario que llevaba entonces. Ojalá lo encuentre. Mejor guardo todo esto en las cajas, me baño y busco en el clóset de mi habitación. A ver si no lo encontró mi madre y lo quemó para practicarle un exorcismo, pero antes tomo una ducha. Estoy llena de polvo y siento como si se me acalambraran las manos.

❁❁❁

¡Mala idea! Ese baño está tan lleno de hongos que no sé si quedé más sucia que cuando entré, además no debí bañarme antes de buscar el diario. Parece que mi madre clausuró esta recámara cuando me fui, y ahora es como una mota gigante de polvo. ¡Ojalá no haya cucarachas! Porque telarañas hay muchas, demasiadas... ¿Con qué las quito...? La escoba es multiusos. Uno... dos... tres... ¡Qué asco! ¡Qué asco! ¡Qué asco! ¡Qué...! ¡Pero qué cursi! ¡No me acordaba que todo era rosa! De hecho no recordaba que me gustaba el rosa, hace años que no lo utilizo para nada. Ni ropa, ni pintura para la casa, ni maquillaje.

Ahora a buscar el diario. Espero que todavía esté ahí. Por lo visto no se ha movido nada. Mi caja de los secretos debe seguir en el clóset. A ver… ¡Guácala! Otra vez la escoba y… ¡Sí, aquí está! ¡Mi caja! ¡Y también es rosa llena de encajitos! ¡Qué horror! Pero aquí debe estar. Vamos a ver… mejor la abro en el estudio de papá, después de lavar con cloro la ducha y quitarle los hongos antes de darme otro baño.

❀❀❀

Sí, aquí están mis recuerdos: Mi diario, unas fotos y otras chucherías. ¡Aquí está el anillo que me mandó David! Sabía que aún lo tenía.

Fui novia de David desde que cumplí nueve años. Cuando Elvia me dio el recado y el anillo, me pareció que lo más correcto era devolverlo. Mamá me había dicho claramente que una mujer decente no aceptaba joyería de un hombre a menos que fuera su marido, pero Elvia me dijo que eso le iba a partir el corazón a su primo y no tuve el valor.

A David lo conocí en persona un año después, cuando Elvia y yo hicimos la primera comunión. Era muy guapo: de piel blanquísima y ojos claros, enmarcados por una cara regordeta. Cuando Elvia nos presentó me puse muy colorada y él también, más pena me dio porque nuestros vestidos blancos estaban llenos de encajes y crinolinas y parecíamos piñatas medio reventadas. Como mi mamá hizo los vestidos y no sabía hacer las crinolinas, las llenó de alambres *para que armaran* y cada vez que nos sentábamos se nos levantaban las faldas y se nos veían los calzones. Lo peor de todo fue que, como la ceremonia se hizo en la capilla de la escuela y nos cambiamos en una de las aulas, no nos dimos cuenta del asunto hasta que el padre nos pidió que nos sentáramos, así que después de este primer percance nos prohibieron sentarnos durante el resto de la ceremonia y durante la fiesta, pero no nos dijeron nada sobre jugar a las escondidillas, así que cada vez que nos agachábamos venía un grito, un regaño y un jalón de orejas, particularmente de la monja diabólica, que creo que nos estuvo siguiendo nada más para regañarnos.

No volví a ver a David sino hasta que estaba preparando mi fiesta de quince años. Mi papá planeaba tirar la casa por la ventana y quería que los chambelanes fueran cadetes del Colegio Militar, pero me pareció que lo más correcto era bailar el vals con David. Lo malo es que no podía confesarle a papá que tenía novio, ¡menos que le había aceptado un anillo de regalo! Hablé con mi hermano Santi y tuve que convencerlo, a costa de hacer sus tareas durante todo un año, con la promesa de que no hablaría a solas con sus amigos y que sería su esclava hasta que terminara la fiesta. Entonces llamó a catorce de sus amigos, él y David. Naturalmente papá determinó que yo bailaría con Santi pero él se las arregló para bailar con Elvia, argumentando no sé qué con mi papá.

Después de mucha insistencia, David aceptó ser mi chambelán. ¡Qué ilusión! Ensayábamos todos los días después del colegio, sábados y domingos en la mañana. David nunca hablaba conmigo, siempre evitaba mi mirada, pero no me importaba porque me sentía muy importante bailando con un joven tan guapo. No obstante, cada que acababa un ensayo decía: «Yo creo que esto no es para mí, deberías buscarte a alguien que baile bien». Y tal vez debí hacerlo porque en verdad bailaba muy mal, aunque eso me gustaba porque así teníamos que ensayar más tiempo juntos.

Cuando sólo faltaba una semana para la fiesta, David se puso muy nervioso, estaba pálido y como ido. Justo el día anterior a la celebración se desmayó durante el ensayo general, por lo que hubo que suspenderlo. Al día siguiente era un hecho: David tenía gastritis por estrés y no podría ir al baile. ¡Qué desgracia! ¿Ahora qué haríamos?

Papá lo enredó todo pues puso a Santi a bailar conmigo y él bailó con Elvia. Santiago estaba furioso, no me hablaba, Elvia tampoco y yo lloré todo el día. Cuando llegó doña Cuca, la peinadora, yo estaba hecha un desastre y con los ojos hinchados, parecía un camaleón. Doña Cuca me puso unas rodajas de pepino sobre los párpados y me peinó mientras decía con su horrible voz de pito: «Es natural que estés nerviosa, linda, pero tienes que relajarte. ¡Hoy es tu noche! ¡Hoy sólo brillarás tú!». Lo único que lograba doña Cuca con sus buenas intenciones era recordarme que mi vida había terminado. Decidió que, para que yo estuviera contenta, me maquillaría a la moda, así que me puso plastas de sombras color azul nieve que, además de estar espantosas, se veían fatales con mi vestido rosa. Me hizo unos caireles enormes, todos tiesos, que se me venían a la cara. Cuando mi mamá fue a revisar mi arreglo se quedó pasmada, felicitó a doña Cuca por lo bien que lo había hecho, le pagó y en cuanto se fue me dio una nalgada, dos pellizcos y un coscorrón por casquivana y frívola. Trató de quitarme el maquillaje con un pañuelo. Lo único que logró fue que se batiera todo. Me lavé la cara tantas veces que me ardía, pero los caireles seguían muy tiesos y se llenaron de pintura.

Para mi buena suerte llegó a la casa mi prima Margarita, hija de mi tía Prudencia, quien estaba de aprendiz en una estética muy famosa de aquel entonces, no recuerdo el nombre. En cuanto me vio gritó, vio el reloj y como se percató de que teníamos media hora, me tomó de la mano, me subió a mi cuarto, me hizo un peinado precioso, me puso una tiara y me maquilló de una manera discreta. Al final no tuve que salir hecha una desgracia.

La misa fue humillante gracias a los reproches que me hizo el padre Fulgencio en cuanto a mi conducta con mi madre frente a todos los invitados, pero nada comparado con el vals que fue un total desastre: papá perdió el paso, pisó el vestido de Elvia, quien se cayó y se rompió la boca y la nariz. Santi cargó a Elvia hasta el hospital, papá lo siguió corriendo y gritándole que esperara, que era mejor que el doctor Carranza, que estaba invitado a la fiesta, la revisara. Al llegar tuvieron que atender a papá también porque se le subió la presión y respiraba con dificultad. Santiago comenzó a gritarle furioso a papá diciéndole que era un irresponsable, que ya no estaba en edad ni de bailar ni de correr así por las calles y luego me gritó que todo era mi culpa, que armé todo un lío por un hombre que ni siquiera había ido a mi fiesta ni me quería. Todo esto me lo gritó frente a papá, pero yo no sé si no escuchó o se hizo el desentendido. Yo quería que me tragara la tierra.

Lo de Elvia no fue grave y volvió a la fiesta con el vestido azul lleno de sangre y con Santi atendiéndola todo el tiempo. Papá también regresó y se la pasó disculpándose con los papás de Elvia. Yo lloré el resto de la noche por la fiesta arruinada y tres días más porque David no me quería. Elvia me consolaba y me iba a visitar a diario, como si la del accidente hubiera sido yo. Me contaba que David había estado muy grave porque la gastritis no fue tal, sino una infección mal atendida que se complicó, pero que ya estaba mejor y que estaba muy apenado conmigo.

Nunca pensé que mi fiesta de quince años arruinada me hiciera reír algún día, aunque no se puede negar que parece una mala comedia. Entonces no me daba cuenta que papá y mamá no se hablaban hacía varios años. Tampoco me percataba que Santi estaba enamorado de Elvia y que ella estaba loca por él. ¡Menos me imaginé que David fuera homosexual! ¿Quién iba a imaginárselo? Realmente bailaba muy mal.

## 5

—¡Buenos días, arquitecta!

—¡Buenos días, ingeniero!

El ingeniero Bernardo Quiroz es uno de los socios de la firma y ¡el más guapo de todos! De cincuenta y ocho años, muy bien llevados, espalda ancha, andar elegante y esas canas muy blancas en las sienes que contrastan con el gris del resto de su cabellera. Es un hombre fascinante, de conversación interminable y sonrisa irresistible. Desde hace unos cinco años salimos todos los jueves a tomar una copa y hablar hasta la madrugada. A veces terminamos en mi departamento o en el suyo. Por desgracia no hacemos otra cosa que platicar. Mucha gente cree que somos amantes, en realidad somos muy buenos amigos. Nos entendemos bien y nos gustan cosas similares. Sólo me dice arquitecta cuando viene con algún cliente, así me pone sobre aviso y lo ayudo cuando ya está harto de ellos. En general, cuando estamos en la oficina me habla por mi apellido, a solas me dice "revoltosa" y yo le digo "tirano".

Hoy viene con una cotorra octogenaria que trae una cantidad impresionante de collares, pulseras y anillos y que le aprieta el brazo con traviesa lujuria. De tez evidentemente morena, lleva maquillaje muy blanco y supongo que polvo de arroz o de plano harina, pues las motas se van regando por todas partes. También lleva lentes de contacto azules, pero de un azul irreal. Desde luego los tres cabellos que aún le quedan están pintados con un tono rubio platinado y peinados con un crepé altísimo, como si estuviera atrapada en los sesentas, lo cual me hace recordar a mi madre.

—Arquitecta —me dice Bernardo, muy formal—, le presento a la señora Fátima Arteaga, viuda de Pelayo. Señora Arteaga, esta es la arquitecta Guerrero, nuestra experta en arquitectura francesa. Ella se encargará del diseño y los terminados de su Trianón mexicano —dice en tono muy serio, pero haciéndome caras y dándome a entender que la señora está loca, aprovechando que ella me extiende la mano para saludarme—. La señora es gran admiradora de Madame de Pompadour y quiere levantar un pequeño Trianón en su jardín, como homenaje a tan ilustre cortesana.

—Encantada, señora Arteaga —digo aguantándome la risa de pensar en esta Pompadour azteca con cara de loro.

—¡El gusto es mío! —responde con una voz como de cuervo que yo no esperaba, pues quería que sus palabras sonaran más bien como papagayo—. El ingeniero Quiroz dice que usted es especialista en arte, particularmente el rococó.

—Es mi fascinación —declaro tratando de no pensar en el curioso personaje que tengo enfrente—, llevo muchos años estudiando…

—Usted es Capricornio, ¿verdad? —interrumpe el loro.

—No, soy Leo.

—¡Con razón! Son los más creativos. Nos vamos a llevar muy bien porque yo soy Libra.

—Seguramente —afirmo, como si supiera de lo que me está hablando.

—Tal vez usted vivió en la época de los Luises y por eso le gusta tanto ese periodo, ¿no cree? Porque eso es lo que me pasa a mí. Estoy convencida de que una de mis vidas la pasé en la corte de Luis XIV.

Bernardo finge un ataque de tos para disimular la risa. Yo logro contenerme.

—Es posible —digo, como si estuviera muy convencida.

La señora Arteaga toma una hoja de mi escritorio y comienza a anotar.

—A ver, entonces usted es Leo. ¿De qué día?

—28 de julio.

—¿De qué año? Entre mujeres podemos decírnoslo. ¡Usted no escuche, ingeniero!

—No… no… —dice Bernardo entre toses falsas para disimular la risa.

—De 1957 —contesto.

—¡El día del terremoto! —exclama azorada la cotorra—. ¡Qué interesante! ¡De verdad, qué interesante!

Casi nadie relaciona el día de mi nacimiento con el terremoto del 57, sin embargo, mi madre me lo recordaba constantemente. Aún faltaban dos semanas de gestación cuando llegó aquella noche del 27 al 28 de julio. Mamá se había recostado y se quedó dormida desde muy temprano, papá no quiso despertarla y sólo le echó encima una cobija. A las 2:44 de la madrugada comenzó el terremoto y mi madre se despertó sobresaltada. Papa sacó a mi hermano Santi de su cama, luego fue por mamá, le dijo que saliera y la arrastró al quicio de la puerta mientras ella gritaba:

—¡Por no rezarle a las Ánimas del Purgatorio! ¡Dios nos castiga! *¡Glorifica mi alma el Señor y mi espíritu se llena de gozo…!*

Papá decía que, por más que trataba de tranquilizarla, ella estaba demasiado nerviosa. Cuando acabó el temblor, con muchos esfuerzos y cargando a mi asustado hermano, logró que mamá se recostara, ya que ella insistía en rezar dos rosarios para congraciarse con las almas en pena. Comenzó a rezar pero casi de inmediato sintió los dolores de parto. Papá quiso llevarla al hospital pero pensó que no llegarían, sobre todo considerando que la gente estaba muy nerviosa. Decían que se había caído El Ángel de la Columna de la Independencia y se hablaba de una gran catástrofe; no faltaba quien afirmara que la Ciudad de México había desaparecido. Por fortuna, el doctor Carranza era nuestro vecino. Médico de la vieja escuela, no era de esos doctores tan especializados que no saben ni atender un catarro. Papá lo encontró en la calle curioseando como el resto de la gente, le pidió su ayuda y quince minutos después ya estaba yo en este mundo.

—Es una niña —dijo Carranza, sonriendo.

—¡Dios mío, qué pena! — lloraba mi madre—. Las mujeres venimos a este mundo únicamente para sufrir. ¡Eso pasa porque no me despertaste para rezar! —le reclamó a mi papá—. ¡Dios me trajo una carga muy grande!

—¡No digas tonterías, Matilde! —respondió papá, según me contaba, tratando de no hacer enojar a la mujer que acababa de parir, pero con ganas de voltearle la cara de una bofetada—. Dios sabe lo que hace. Además, ni modo que le cambiara el sexo en quince minutos. Iba a ser niña desde un principio, ¿verdad, doctor?

—Claro, Matildita —decía paciente el doctor Carranza—, eso es imposible…

—¡Para Dios nada es imposible, doctor!

—Bueno, está bien, está bien —zanjó el doctor—. Pero un bebé siempre es una bendición, Matildita. Además hay que agradecer que no tuvo usted una labor de parto de casi dos días como cuando nació su hijo Santiago.

—El sufrimiento que Dios nos manda es poco, comparado con la dicha de tener un hijo…

Yo creo que al doctor también le dieron ganas de darle una bofetada, así que mejor se despidió amablemente y se fue.

❀❀❀

—Supongo que usted sabe sobre ese terremoto —me dice doña Fátima.

—Desde luego —contesto—, es imposible pasarlo por alto, pero casi nadie se acuerda del día exacto. Yo nací unos minutos después del sismo.

—¡Fascinante! ¡Sencillamente fascinante! —dice alegre, como si hubiera hecho un gran descubrimiento—. Habrá que estudiar sus planetas, sus horóscopos. Usted está destinada a hacer grandes cosas.

—Por lo pronto déjeme empezar con su Trianón mexicano —respondo mañosamente.

—¡Definitivamente sí! —dice dando palmaditas cual quinceañera decimonónica—. Esto me ha decidido —se dirige a Bernardo—. Ingeniero, a ustedes les encargo el diseño. ¡No escatimen en gastos pues lo quiero muy rococó! ¡Lo más rococó que se pueda! Esta muchacha está destinada a hacer cosas grandes.

A Bernardo se le iluminan los ojos y hasta la risa se le quita.

—Pues, siendo así, acompáñeme por favor para elaborar un contrato.

—¡Con todo gusto! —luego me dice—: Hoy no puedo, pero tendremos que reunirnos frecuentemente para hablar del *Trianon Mexicain* y para hacerle su carta astral, si no le molesta.

—De ninguna manera. Estoy para servirla y téngame por una nueva amiga.

El loro me abraza, me da un beso en la mejilla y se va a la oficina de Bernardo diciendo maravillas de mí. Ojalá la hubiera escuchado mi madre, quien siempre pensó que mi nacimiento había sido un mal presagio. A ella le habría gustado mucho ser amiga de una "señora Arteaga, viuda de Pelayo" y tomar el té con ella en un trianón privado mientras se quejaban de que ya no hay peinadoras que sepan hacer un buen crepé. En fin, cosas del destino.

## 6

—¡Hasta luego, chula! —grazna la señora Arteaga cuando pasa frente a mi escritorio.

—¡Hasta luego, señora! ¡Será un placer trabajar con usted!

—¡Ah, no! —me dice muy seria—. Me dijiste que serías mi amiga y ahora me cumples. Para empezar quiero que me hables de tú. Mis amigas me dicen *la Chiquis*.

—Ok, Chiquis.

—Y yo quiero que me visites en mi casa, corazón. Pero no vayas con estos albañiles... —me dice guiñando el ojo con picardía, refiriéndose a Bernardo—. Tú vas a ir como mi invitada personal y vas a dejar que te lea el café, el té, las cartas y todo. Además, hablaremos de los aspectos artísticos del *Petit Trianon Mexicain*. Deja que los señores se ensucien con la construcción. El tarot nunca se equivoca. Ya me había advertido que en estos días iba a conocer a alguien muy interesante. Al principio pensé que se trataba del ingeniero, pero no —se dirige entonces a Bernardo—. Usted dispense, ingeniero, no es que usted no sea muy… pero muy interesante —le dice mientras le aprieta repetidamente el brazo—, es solo que siento que mi alma y la de la arquitecta ya se encontraron y convivieron en otras vidas.

—Así será, Chiquis —trato de aguantarme la risa ante el desconcierto de Bernardo—. Dime qué día puedes y yo te caigo. Sólo tienes que avisarle a mi secretaria para que cancele mis otros compromisos —digo mirando a Bernardo, pues supongo que el contrato es muy importante. Él asiente discretamente.

—¡Eso! ¡Así me gusta! Yo te llamo, chulis. Verdaderamente la providencia me trajo con ustedes.

Bernardo le ofrece galante el brazo.

—La acompaño a la puerta, señora.

—Y hasta más lejos si quieres, guapo —contesta la cotorra, yo creo que más por hacerlo sonrojar que por verdadera coquetería.

Esta vez la que finge la tos soy yo. En cuanto suben al elevador suelto una carcajada.

—¿Qué te pasa? —me pregunta Bertha, mi secretaria y buena amiga.

—Nada —digo llorando de la risa—, que esta señora es todo un personaje. Por cierto, te va a llamar por teléfono para que vaya a verla a su casa.

—Me habías dicho que ya no te hiciera más citas.

—Sí, pero la verdad me cayó muy bien.

—Como tú digas.

Ahora lo que tengo que hacer es ponerme a buscar todo sobre el Trianón. ¡Este Bernardo me mete en cada lío! Hace años que no estudio ese periodo.

—¡Yo sabía que tú ibas a conseguir ese contrato! —grita Bernardo al volver, al tiempo que me abraza y me da vueltas.

—¡Estás loco, de veras!! ¿Cómo le vas a hacer si yo dejo de trabajar la semana que viene?

—¡Ah, no! —dice muy serio—. Tú me dijiste que me ayudarías mientras te encontraba un reemplazo.

—Pero ya te tardaste mucho.

—¡Nooo! —dice con picardía y luego, acercándose mucho a mi oído, susurra—: Lo que pasa es que eres irremplazable. ¡Te invito a comer a donde tú quieras! Siempre y cuando no provoques un terremoto.

—No juegues con eso, Bernardo —digo poniéndome seria, sin querer.

—Bueno, bueno. Está bien. No te esponjes…

—Perdón. Es un tema un poco delicado para mí.

—No me lo cuentes con el estómago vacío. Vamos a comer.

Me encanta ir a comer con Bernardo. Le gusta comer bien pero lo mismo le da hacerlo en un gran restaurante que en un puesto del mercado. Esta vez me lleva a comer mariscos a un lugar muy bueno, de la colonia Santa María, que no es muy concurrido pero nos gusta mucho. Hacen las mejores mojarras fritas que he probado en mi vida y luego nos ofrecen café turco. Además, no queremos que nos interrumpan. Llegando al lugar saca su teléfono y lo pone sobre la mesa, en silencio. Siempre hace eso cuando quiere tratar un asunto sin ser molestado, sólo contesta cuando es alguno de sus socios o su secretaria, pues ella tiene la instrucción de no pasarle llamadas si no es absolutamente indispensable.

Después de un buen caldo de camarón comienzo a contarle mi relación con los sismos. Él se muere de risa. Al principio me molesta pero luego me da risa a mí también.

—En serio, ¡no te rías! Mi mamá sostenía que yo soy la culpable de todos los temblores que ocurren en el país.

—¿Y los del resto del mundo? —pregunta mientras se prepara una galleta con ceviche.

—Depende. Si son de países católicos sí tengo la culpa, pero si el terremoto ocurre en Japón, en Turquía, o en algún otro país donde impere otra religión, entonces la culpa la tienen los ciudadanos por herejes.

—¡Qué horror! ¡Estaba bien zafada tu progenitora!

—Por eso nunca nos llevamos bien.

—Yo pensaba que eran exageraciones tuyas. ¿Y qué hiciste en el terremoto del ochenta y cinco?

# 7

La noche anterior habíamos tenido una discusión de las peores.

—Ya te dije que dejes de buscarme marido. ¡No me interesa!

—No se trata de que te interese —dijo arrogante—. ¡Una hija mía no se va a quedar soltera! ¿Qué va a decir la gente?

—¿A mí qué me importa? Yo me casaré con quien yo quiera, cuando yo quiera, si es que quiero.

—Si no se trata de querer, chulita. Una mujer necesita un hombre que guíe sus pasos, que vea por ella, que la mantenga…

—Hace varios años que me mantengo sola.

—Claro, como aquí tienes casa, comida y criada gratis…

—No empieces, mamá, por favor.

—¡Nunca pensé que criaría una hija solterona!

—¡Mamá, no se puede ser solterona a los veintiocho!

—A tu edad yo ya había tenido a tus hermanos y tenía diez años de casada.

—Porque eran otros tiempos. Además, tú no tenías otra cosa qué hacer. Yo sí puedo trabajar y no necesito de ningún hombre para ser feliz.

—No, claro. Seguro andas revolcándote por ahí con todos. Porque no me vas a decir que diario te quedas hasta tarde en el trabajo. ¡Qué casualidad!

No pude contenerme, me volví furiosa hacia ella y le dije:

—¡Sí! Me revuelco con todos, en el trabajo, a veces con tres o cuatro al mismo tiempo. Lo hago hasta con hombres casados, ¡con mujeres! ¡Soy una perdida, una puta…!

Acto seguido sentí una bofetada. Tuve que contenerme para no regresársela.

—¡Soy tu madre y me respetas!

Luego corrió a encerrarse en su recámara. A mí se me quitaron las ganas de cenar así que, cuando me levanté, tenía un hambre terrible. Bajé a la cocina y ahí estaba mi madre, haciendo como que lloraba. Tuve que contener mi enojo y prepararme el desayuno aquella mañana junto a una madre furiosa, ofendida, que no me hablaba, sólo respiraba muy fuerte cuando pasaba junto a mí y luego se enjugaba una lágrima inexistente.

Eran las fatídicas 7:19 horas de aquel 19 de septiembre de 1985 cuando sobrevino el terremoto. Era como si un gigante hubiese tomado nuestra casa y la agitara furiosamente. Las dos caímos al piso, yo encima de ella. No sé cómo no le rompí una costilla. Con una fuerza descomunal, debida a la adrenalina, me empujó para incorporarse con gran trabajo. Yo traté de ponerme de pie y salir, pero cuando volteé a verla trataba de ponerse de rodillas para rezar *La magnífica*.

Logré jalarla tan sólo un instante antes de que el refrigerador cayera justo donde ella se había hincado.

La arrastré hacia el quicio de la puerta pero no pude sacarla de la casa, lo cual terminó siendo una suerte porque se cayó la cornisa de la entrada y creo que nos habría aplastado. Ella me golpeaba mientras gritaba:

—*Glorifica mi alma el señor y mi espíritu se llena de gozo,*... ¡Meretriz! ¡Sodomita! *Al contemplar la bondad de Dios, mi Salvador*... ¡Dios me ha de salvar a mí, pero tú estás condenada por tus depravaciones! *Porque ha puesto la mirada en la humilde sierva suya*... ¡A la que no respetas! *Y ved aquí el motivo porque me tendrán por dichosa y feliz todas las generaciones*... ¡Solterona! ¡Atea! *Pues ha hecho en mi favor cosas grandes y maravillosas*... ¡Y me dio como castigo parirte! *Él, que es todopoderoso*... ¡Depravada! *Y en su nombre infinitamente santo*... ¡No respetas a tu madre! *Cuya misericordia se extiende de generación en generación a todos cuantos le temen*... ¡Dios me marcó tu camino el día de tu nacimiento! *Extendió el brazo de su poder, disipó el orgullo de los soberbios trastornando sus designios*... ¡No debiste nacer! *Desposeyó a los poderosos y elevó a los humildes.* ¡Soberbia! ¡Farisea! *A los necesitados los llenó de bienes y a los ricos los dejó sin cosa alguna*... ¡¡Ramera!! ¡¡Sucia!!

Y así siguió recitando *La magnífica,* como si se la hubieran dedicado a ella. Me golpeaba sin mucho éxito porque la casa se movía terriblemente. Yo sólo trataba de evadir los golpes y me sentía aterrada de escuchar las cosas que caían y el rumor de la tierra.

También sentía culpa, una gran culpa. Creo que aún no supero eso, siempre me hizo creer que yo era responsable de todos los temblores, de todos los males que ocurrían en la tierra. Toda la vida estuve convencida que cada uno de mis actos causaba un gran mal en la humanidad. No importaba lo que yo quisiera o hiciera fuera bueno, al final resultaba malo.

—*Exaltó a Israel, su siervo, acordándose de él, por su gran misericordia y bondad...* ¡Dios me castiga! ¡Dios me castiga por criar una suripanta! *Así como lo había prometido a nuestro padre Abraham y a toda su descendencia...* ¡Bataclana! ¡Tiple de quinta! *Por los siglos de los siglos...* ¡Rumbera! ¡Prostituta! *Amén.* ¿De qué sirvió criarte en la fe de Dios si no respetas los mandamientos? *¡Honrarás a tu padre y madre!*

❀❀❀

Bernardo se carcajea. Me saca de mi tristeza.

—¡No es cierto! ¿De verdad gritaba esas cosas?

—Sí —río nerviosa—. Las gritaba como desesperada y me golpeaba.

—¿Y la gente qué hacía? —pregunta secándose las lágrimas de risa.

—Nosotras estábamos dentro de la casa, además la gente estaba demasiado ocupada tratando de salvarse.

—Es cierto. Perdón, pero es que lo cuentas como si fuera una comedia barata.

—Sí, la escena debe haber sido bastante ridícula. Si no hubiera estado rodeada por una gran tragedia me habría reído mucho —me gana la risa—.

¡En verdad debe haber sido ridículo, yo jalando a mi madre y ella agarrada al marco de la puerta con una mano y pegándome con la otra!

Nos reímos como locos. Nunca había visto esa parte de mi vida con humor, pero Bernardo siempre me presenta las cosas de un modo menos funesto a como yo las siento.

—Oye, pero tu mamá sí se azotaba de verdad. ¿Y siempre que temblaba te pegaba?

—Sí, siempre. Al menos me daba un pellizco.

—Entonces te pegaba muy seguido, ¡en la Ciudad de México tiembla a cada rato!

—Pues sí, me pegaba casi con cualquier pretexto, pero cuando temblaba lo hacía más fuerte.

—¿Cómo podía ser tu culpa?

—Yo creo que ella estaba convencida de su propia culpa. Sentía pánico de ir al infierno, por eso rezaba siempre a las ánimas del purgatorio y no haberlo hecho la noche de mi nacimiento la hacía creer que merecía un castigo. No sabes lo mucho que le dolió que "descontinuaran" el limbo y el purgatorio. Hasta dejó de ir a misa una semana. En fin, que siempre tenía una buena razón para dedicar cada temblor a una mala acción mía.

—¡Estás loca!

—¡En serio! El primero fue el temblor de 1965. Yo tenía ocho años. Ella había hecho chayote con huevo para el desayuno…

—¡Qué asco!

—Decía que era muy sano, pero la verdad es que a nadie en la casa le gustaban los chayotes, así que los hacía y se quedaban. Una semana después quería obligarnos a comerlos. Papá y Santi, mi hermano, los tiraban discretamente, pero a mí me vigilaba sin pausa, así que no me quedaba esa opción. Me negué rotundamente a desayunarlos por lo que me castigó y me hizo lavar el piso del patio a rodilla. Mientras estaba arrodillada lavando el piso se me vieron los calzones. Pasó junto a mí, me levantó jalándome la ropa, me dio una bofetada y me dijo que era una cualquiera.

—¿Cuántos años dices que tenías? —me dice Bernardo, algo molesto.

—Ocho años y no entendía qué era eso de ser una cualquiera, pero me sentí muy mal. A eso de las dos de la tarde comenzó el terremoto. Me obligó a hincarme en el jardín y rezar *La magnífica* que era su oración para todo tipo de eventos.

—¡Qué loca!

—Mi papá se enojaba con ella, pero mamá se ponía histérica y se desquitaba conmigo, así que papá optó por no meterse.

—¡Yo tampoco lo hubiera hecho!

—Hubo un terremoto en Veracruz en 1973. Ese ni lo sintió, pero cuando se enteró que hubo miles de muertos, decidió que yo tenía la culpa, así que quiso que volviera a hacer mi primera comunión.

—¿Eso se puede?

—¡Claro que no! Ni el padre Fulgencio, que era su confesor y solapador de sandeces religiosas, se lo permitió. Entonces me llevó al pueblo de su nana y le mintió al párroco diciéndole que no la había hecho porque papá se oponía, así que se hizo una especie de "misa secreta" y tuve que volver a hacer el numerito.

—¡No te creo nada! —dice riéndose.

—¡Además yo ya tenía dieciséis años! —Bernardo se desternilla de risa—. ¡Me obligó a vestirme de monja!

—¡Ay, ay! ¡No puede ser!

—Te lo aseguro.

—Oye, ¿y tienes fotos?

—¡No me molestes!

—¡Oh, bueno! ¿Y el día del terremoto de la Universidad Iberoamericana? ¿Qué hiciste para provocarlo?

—Si sigues así ya no te cuento nada —digo fingiendo enojo, aunque en realidad me está dando risa.

—Debió ser algo muy malo también, porque la Ibero es una universidad religiosa —replica fingiendo seriedad.

—Me negué a casarme con mi novio.

—¡Noooooooo! —vuelve a carcajearse—. ¿Tú? ¿Te negaste a casarte? ¿Eres lesbiana o qué?

—Mira…

—Eso me lo cuentas el jueves en nuestra junta semanal porque ya tengo que regresar a la oficina y quiero saber todos los detalles. ¡La cuenta, por favor!

—Eres un tonto.

—Oye, sí estaba bien zafada tu jefa.

—Yo te lo había dicho.

—Sí, pero como eres bien exagerada…

—No te pases.

—Bueno, bueno, no te preocupes. Ahora que doña Fátima te lea el café aprovechas para que te haga un exorcismo, utilice sus influencias en el más allá y llame a todos los santos para que te quiten tus traumas.

—Ya estuvo bueno, ¿eh? Y además todavía no hablamos de lo del trianón de la cotorra. ¿Me vas a contratar como *freelance*, o qué?

—No, tú todavía no te vas de la compañía. Prometiste quedarte hasta que encontrara tu reemplazo.

—Pero no llega el tal reemplazo y yo quiero dedicarme a mis asuntos. La cafetería que siempre he soñado...

—Sí, sí, sí. La cafetería que siempre has soñado, ya me lo sé de memoria. Me parece un sueño extraño para una mujer que no bebe más que café americano con azúcar y leche en polvo.

—No empieces...

La mesera trae la cuenta. Intento sacar mi parte.

—Déjalo. Yo te invito.

—¡Qué espléndido! —digo con voz burlona por molestarlo, pues casi nunca me deja pagar.

—No te creas, sólo es porque nos conseguiste un buen contrato.

—¡Ah, no chulito! Por ese contrato me tienes que invitar a cenar a un buen lugar el jueves. Además, tenemos que hablar de mi comisión.

—¡Siempre tan materialista! —dice con sorna—. Lo de la comisión no te lo puedo definir ahorita, tengo que hablar con los accionistas...

—Está bien, está bien. Ya sé que tú no tienes autoridad en la compañía...

—Bueno, bueno. Sólo dime una cosa...

—¿Qué?

—¿De verdad no tienes fotos tuyas vestida de monja?

## 8

Al llegar a casa recibo la llamada de Bertha. Doña Fátima requiere mi presencia en su casa a las diez de la mañana para leerme el té y el tarot. Cada vez me parece más simpática esta mujer.

La casa sigue oliendo a polilla y yo tengo que arreglarla de alguna manera. Debería tirar todo y remodelarla sin pensarlo mucho pero… ¡hay tantos recuerdos! Mientras tanto hay que hacer lo peor: ¡echar más insecticida y barrer los cadáveres de cucarachas!

Voy a tener que dejar de vomitar cada vez que veo los malditos insectos o me voy a volver bulímica. Claro que de eso a que adelgace va a pasar bastante tiempo, pero me parece que me quedan días, quizá meses para deshacerme de estos bichos. Le voy a pedir a Bernardo que me mande a alguno de los trabajadores para que me ayude a mover los muebles porque yo sola no puedo. ¡Y ahora el teléfono! ¿Quién será el imprudente que me habla en este preciso momento? ¡Claro, tenía que ser el inoportuno de mi hermanito!

—¿Bueno?

—¿Qué pasó, greñuda? ¿Cómo te ha ido en la casa?

—Pues no muy bien, Santi, está hecha un desastre. Me la he pasado desempolvando santos, quitando cera de todos lados, echando insecticida y… —una arcada me interrumpe, tengo que respirar fuerte— …barriendo cucarachas.

—¡Es tu karma! —dice muerto de risa—. Desde ahora serás la reina de las cucarachas.

—¡Cállate, que así me siento! ¡No te imaginas en qué estado está la casa! Tengo que caminar con mucho cuidado para no caerme en los agujeros, porque las polillas se comieron los pisos.

—Dice mi vieja que si quieres ella va a ayudarte.

—Me encantaría, pero esto va a tardar meses y tú no puedes estar solo ni medio día porque no sabes hacer nada.

—¡Entonces no te presto a mi vieja, pues!

—Quiero que esté bien arreglada la casa, de otro modo no la vamos a poder vender.

—Tú puedes hacer lo que quieras con TU casa. Yo no necesito nada de ella, pero me parece ridículo que la quieras vender, siempre te gustó mucho.

—Si la vieras ahorita, no es ni la sombra de lo que era.

—La vi cuando murió mamá. Ya sé que está muy maltratada pero, ¿por qué no llamas a un buen arquitecto que te ayude a arreglarla? —dice riéndose.

—No te burles.

—Lo primero que tienes que hacer es llamar a alguien que fumigue. Vas a gastar demasiado en aerosoles y no lo vas a lograr tú sola. Además hasta ratas debe haber.

Me molesta mucho que Santi tenga razón. ¿Cómo es que no se me había ocurrido llamar al exterminador? ¿Por qué estoy sufriendo tanto con la remodelación si a eso me dedico?

—Mira, sabihondo, mejor pásame a Elvia, tú ya me aburriste.

—Está bien, está bien. Cuídate, greñuda.

—¿Nena? —se escucha la voz de Elvia.

—¡Hola, amiguita! ¿Cómo estás? ¿Cómo puedes soportar al ogro de mi hermano?

—¡Es un lindo! No sabes qué rosas me trajo hoy.

—¿En serio? ¡Quién lo viera! ¿Ahora qué hizo?

—No hizo nada, me trae flores una vez a la semana y ya lo sabes.

—¿Tú cómo estás? ¿Cómo están los niños?

—Ni tan niños, ya sabes. Elvi está haciendo su doctorado y Santi hijo sigue en Boston. Ya ni los veo.

—Los hijos son unos ingratos.

—No es cierto. Dices eso porque nunca tuviste uno.

—Ni ganas, mírame ahora. ¡Totalmente libre! La verdad no le veo el encanto a cambiar pañales, a dejar de dormir, a cuidar chamacos revoltosos y estar preocupada eternamente por ellos. Con mis sobrinos tengo bastante.

—Mejor te dejo con tus locuras. Cuando quieras te voy a ayudar.

—No, atiende a ese zángano de tu marido, no sabe hacer nada.

—¡Qué mala eres! Cuídate mucho.

—Elvia…

—¿Sí?

—Encontré el anillo de David…

—Pensé que lo tenías guardado en la caja de seguridad del banco.

—No ese, el otro, el de latón.

—¿Has ido a verlo?

—No. A ver si voy el sábado.

—Dile que lo extraño.

—Claro… ¡cuídate!

※※※

No hay tiempo para llorar, tengo que seguir arreglando todo. Voy a mi cuarto, a ver qué más hay en la caja.

¡Mi diario íntimo! No sé cómo no lo encontró mi madre, era bastante obvio el escondite, aunque tengo la teoría de que ella pensaba que si las cosas eran de color rosa no podían ser malas. Incluso un vestido escotado rosa que tuve no le pareció tan mal. ¡Cuántas tonterías no habré escrito en mi diario! A ver… ¡Uy! ¡Natividad! Mi primer novio… ¿Qué habré escrito? Entonces las reglas de la casa para mí eran muy estrictas. Mi madre y mi padre me llevaban a la puerta de la escuela y ahí me recogían. No debíamos usar las faldas cortas que estaban de moda. La charla de regreso de la escuela era siempre igual, papá me preguntaba si había aprendido mucho y luego le preguntaba a mamá qué había hecho de comer. Mi mamá se quejaba del precio del jitomate y de lo cortas que eran las faldas de las muchachas modernas.

—¡Mira nada más! ¿A dónde vamos a parar? ¡Fíjate! —sin percatarse que papá se fijaba muy bien y se le salían los ojos de sus órbitas, luego decía—: ¡Gracias al cielo que la nena es una buena cristiana, incapaz de faltarle al respeto a sus padres con una cosa así!

¡La nena! Si yo hubiese sabido que así les dicen a las solteronas, me habría rebelado como todas mis compañeras y me hubiera arremangado las naguas para que el cuico del crucero me viera las piernas, o me hubiera fugado con el mecánico de la esquina, como hizo mi prima Margarita.

Tenía ya diecisiete años cuando me dejaron ir a mi primera posada sola. Bueno, sola es un decir porque me acompañó mi hermano Santi para que nadie se propasara conmigo. Para mi fortuna Santi era ya un canalla mujeriego de veinte años quien, en cuanto llegamos a la fiesta, me dijo:

—Yo no te conozco ni eres nada mío. Al rato vengo por ti para que nos regresemos a la casa. Voy a pasar junto a ti, te despides y te sales —luego desapareció.

Me quedé en medio de un patio enorme, sin conocer a nadie y sin saber qué hacer. Yo esperaba cantar la letanía y pedir posada, pero nadie parecía dispuesto a empezar y yo no veía por ningún lado a los Santos Peregrinos, las canastas con colación ni la piñata. Me acerqué a una mesa donde había vasos y una ponchera. Vi que unos muchachos se servían e hice lo mismo. El ponche estaba fuerte y tenía poca fruta, de todos modos bebí porque no tenía nada más que hacer, todos llevaban pareja y estaban bailando.

—¿Qué tal está el ponche? —me preguntó un muchacho mirándome fijamente. Era muy moreno, tenía unos ojos enormes y la cara pequeña, parecía un sapo prieto.

—Está un poco fuerte —le dije algo ruborizada.

Él se sirvió de todos modos, probó sin dejar de mirarme y dijo:

—No. Está muy bueno, sobre todo la fruta. ¡Está muy buena! —me dijo abriendo aún más sus ojotes.

—Pero si casi no tiene fruta —le dije yo.

—No le hace, ¡está re buena! ¿Bailamos?

—¡Ay, pero yo no sé bailar! —le dije poniéndome más colorada.

—Yo te enseño —dijo quitándome el vaso y jalándome a la pista.

Los invitados a la posada habían estado bailando ritmos modernos pero de pronto él hizo una seña y pusieron un danzón, me jaló hacia él y se me pegó todo. La sensación de tener un hombre tan cerca de mí era nueva. Me gustó. Me sentí bien. Luego me dijo:

—Si quieres abrázame el cuello con las dos manos.

No quise, me dio pena. Entonces no sabía por qué pero mi intuición me decía que no estaba bien. Bailamos casi tres horas sin parar. Yo me sentía como una princesa de cuento de hadas bailando... con el sapo, pero no importaba. De pronto apareció Santi que saludó al muchacho.

—¡Quiubo, Sapo! —le dijo pegándole en la espalda.

—Aquí nomás, mano.

—Vete con cuidado que es mi hermana —le dijo en un tono muy raro.

—No te preocupes, *cuñao*, ya sabes que está en buenas manos.

—Ya vámonos, tú —me dijo Santi y se fue a despedir de sus amigos.

—¿Te puedo llamar? —preguntó el sapo.

—No sé —dije muy nerviosa.

—Te hablo por teléfono. Me llamo Natividad Sánchez.

Así que él era Natividad Sánchez "el Sapo". Muchas veces lo había oído nombrar pero no lo conocía. Alguna ocasión fue a estudiar a la casa, pero muy noche y yo ya no estaba presentable para recibir tan tarde a un joven soltero. Sabía que era muy amigo de mi hermano y que su mamá fue compañera de la mía en una clase de corte y confección de alta costura que ganaron gratis por comprar su máquina de coser moderna.

Llegamos a la casa después de que Santiago se comiera unos caramelos de menta, olía como si se acabara de bañar e iba muy contento. Al ver a mamá le besó la frente y la cargó, luego ella me preguntó cómo me había ido, yo respondí que bien, pero estaba muy confundida, me sentía en las nubes.

Al día siguiente no me podía concentrar en nada. Mi mamá pensó que me había resfriado.

—¡No vuelves a salir tan tarde! ¡Recuerda que tu corazón es muy delicado! ¡Vete a acostar!

Y me acosté en la sala, cerca del teléfono para contestar cuando *Nati* hablara. ¡La señora de Sánchez! Era un hombre muy feo, pero eso no importaba, parecía de buena familia y mis padres no se opondrían por ser el mejor amigo de Santi. El día de la boda yo llevaría un… El teléfono sonó.

—Bueno… ¿Quién habla?... ¡Ah! Hola tía Prude, ¿cómo está?... ¿Mi mamá? Ahora se la paso… Sí, tía…, no, tía… Dios me la bendiga también a usted… no, tía,… no, tía… sí, tía… claro que sí… de su parte… sí, tía… sí, tía… sí, tía… ahorita… a usted también… ¡Mamáááá!... claro que sí, tía…, aquí está ya mi mamá… es mi tía Prude… hasta luego, tía.

Mamá se tardó más de una hora en el teléfono, yo seguía soñando con mi vida de casada, como la señora de Sánchez. En mi boda llevaría un vestido totalmente blanco, con perlas bordadas… No, perlas no porque significan lágrimas… y yo sería muy feliz, me casaría en la Iglesia de la Sagrada Familia… no, mejor en la catedral…

—¡Vete a acostar a tu cuarto! Te veo como lela, ¿no tendrás calentura? —dijo mamá al colgar y tocándome la frente.

—No, mamacita, me siento bien, no se preocupe.

—Bueno… —dijo y se fue a hacer la comida.

Natividad no llamó en toda la mañana, pero al menos recibimos diez telefonazos ese día. Me quedé dormida después de la comida. Serían como las cinco cuando volvió a sonar el teléfono, pero como estaba amodorrada y tardé en reaccionar, cuando descolgué el auricular mi papá ya había contestado.

—Sí, Natividad, en seguida lo comunico con Santiago.

Sin duda era yo una niña tonta y cursi, porque en mi diario escribí:

*"¡Qué coraje haberme quedado dormida! No pude hablar con él. Habrá que retrasar la boda…".*

¡Qué estúpida era! El Sapo sólo estuvo jugando conmigo. De pronto me hablaba cuando iba a la casa o me coqueteaba si yo contestaba el teléfono. Lo único que me salvó de sus canalladas fue ser hermana de su cómplice de parrandas. Santi y el Sapo se hicieron famosos por conquistadores y locos. Sólo que Santiago siguió estudiando economía y el Sapo se hizo un vago de todo a todo. Mamá cumplió su promesa de no dejarme ir a fiestas y así estuve sufriendo junto con mi querida Elvia, yo por el Sapo, ella por Santiago, que sí le coqueteaba, pero sabíamos que andaba con otras mujeres. Frecuentemente llegaba tarde a la casa, oliendo a perfumes extraños. Mamá no se daba cuenta de nada, papá lo miraba con reprobación y le arreglaba la camisa, también le indicaba discretamente si traía alguna mancha en la ropa o pintura de labios en la cara.

Un día Elvia llegó con un aroma muy penetrante. Su papá había viajado a Francia y le había traído un perfume "parisién". ¡Cómo me hubiese gustado tener una loción así! Por desgracia mi madre consideraba que los perfumes eran afeites creados por Satanás para provocar los bajos instintos de los hombres. Nos bañábamos a diario y lo único que mamá me dejaba usar era el aceite de almendras. Lo malo es que era muy evidente el excelente aroma que expedía

Elvia. La hermana Hortensia se regodeaba al pasar entre nosotras y recitar:

—La higiene es esencial en toda señorita respetable. —Me miraba de pies a cabeza—. Una señorita decente. —Me veía de cabeza a pies, con algo de sorna—, despide un aroma delicado, discreto, etéreo, que se percibe. —Tomaba el cabello de Elvia y aspiraba profundamente—, desde la punta del pelo.

Una vez, la hermana satánica hizo eso, me miró desafiante, se rio y volvió al frente de la clase, con aire de suficiencia. Yo me sentí muy mal, pero no me daba coraje porque se trataba de mi amiga. Cuando salimos al descanso, Elvia me dijo:

—Voy a ir a la fiesta en casa de Federico.

—¿Te van a dejar ir? —dije incrédula.

—No, pero Santi me dijo que si no iba me olvidara de él.

—Es una canallada. Te van a castigar.

—No me importa. Además, ya tengo un perfume como el que se ponen las mujeres esas que le gustan. Tú me has contado…

—No te vaya a humillar, amiga. Acuérdate todo lo que nos han contado. Además dicen que anda con puras mujeres… fáciles.

—¡Pues no me importa! —lloriqueó—. Yo voy a hacer que cambie.

Sólo la abracé. Me parecía muy difícil, si no imposible, hacer cambiar a Santi. Papá había hablado muchas veces con él sobre la responsabilidad y esas cosas, pero él no hacía caso y como le iba aceptablemente bien en la escuela, papá no insistía mucho.

Llegó el sábado y Santi se fue a la fiesta. Yo todavía traté de convencer a Elvia por teléfono de que no fuera, pues tendría que escaparse de su casa. Ella no escuchó razones.

Tuve un mal presentimiento toda la noche y no pude dormir. Me quedé viendo la tele hasta que se terminó la programación, luego traté de leer pero no me lograba concentrar. Quise quedarme en la biblioteca de papá pero él estaba dormido ahí, como hacía varios años sin que yo lo supiese. Me quedé en la sala y me puse a rezar, sin mucho convencimiento, *La magnífica*. Estaba a la mitad de la oración cuando se escuchó ruido afuera. Instantes después entró Santi cargando a Elvia. Ella venía con el vestido desgarrado y los ojos rojos de tanto llorar. En cuanto me vio corrió a abrazarme pero no le entendía nada.

—Nena —dijo Santiago en un tono que yo no le conocía—, llévate a Elvia a tu cuarto, préstale ropa y ayúdala. Yo tengo que hablar con papá.

—Pero…

—No discutas… —zanjó firme, pero sin grosería. Luego tocó insistentemente en la puerta de la biblioteca—. Papá… necesito hablar con usted…

Papá salió aturdido y vio el estado en el que venía Elvia, cosa que lo hizo despertar del todo.

—¿Qué te pasó, criatura?

—Tengo que hablar con usted, papá —repitió Santi, viéndolo a los ojos con gravedad.

—Pasa, hijo —y agregó dirigiéndose a mí—: Atiende a tu amiga, nena.

Subí con Elvia y la llevé al baño. No dejaba de sollozar. Tenía rasguños en los brazos y las piernas y estaba muy hinchada de la cara, luego supe que por golpes que le dieron. La llevé a mi recámara y le presté ropa, pues su vestido estaba estropeado. Le hice un té y ya un poco más calmada, me contó lo sucedido: el canalla del Sapo le había dado de beber más de la cuenta, luego se la llevó a un cuarto y trató de violarla. Santiago se dio cuenta de todo y la rescató antes de que pasara a mayores. Digo mayores porque el Sapo alcanzó a golpearla, humillarla y a tocarla en todos los sentidos, Santiago apenas llegó antes de que consumara del todo su canallada. Medio mató a golpes al Sapo y llevó a Elvia a la casa.

Elvia me contó la historia con vergüenza, más porque ocurrió con el que ella y yo creíamos que era mi novio, que por todo lo que le pasó. Me moría de rabia. No podía creer que ese tipo, con quien yo había soñado casarme, se hubiese atrevido a hacer una cosa así y a mi mejor amiga. Me puse a llorar con ella y estuvimos un rato abrazadas, llorando y diciendo cosas cursis. Ya como a las cuatro de la mañana subió mi papá con Santiago.

—Elvia —le dijo muy serio—, ya Santiago me contó lo que pasó entre ustedes…

Las dos nos quedamos sin saber qué decir.

—Me veo en la necesidad —prosiguió papá— de hablar con tus padres y darles una satisfacción. Santiago quiere reparar su falta y si tus padres están de acuerdo, se casarán lo más pronto posible.

No lo podíamos creer. Santiago le había mentido a mi papá para dejar la honra de Elvia lo más limpia que pudiera. Yo no podía hablar. Elvia se puso de pie y fue a abrazar a Santi. Trató de decir algo pero él no la dejó.

—No te preocupes, pequeña.

—Voy por mi abrigo —dijo papa—. Que la nena te preste algo para taparte. Voy a llevarte con tus padres y hablaremos hoy mismo con ellos.

Papá salió de la habitación.

—No, Santiago —lloraba Elvia—. No es justo que hagas esto por mí, si no me quieres.

—Sí te quiero, Elvia. Siempre te he querido. Y es mi culpa que ese cerdo se propasara contigo. —Santiago golpeó con furia la pared dejándola marcada, traía los puños muy inflamados y llenos de sangre, seguro por la golpiza que le dio al Sapo—. Yo te obligué a ir a esa fiesta, te hice beber y te puse a merced de ese…

—Pero tu papá va a creer que eres un mal hombre y yo no puedo…

—Mi papá sabe la verdad. Sólo él, la nena, tú y yo la conocemos y así se quedará. Tus papás y mi mamá creerán que fui yo, así no podrán negarse a que nos casemos. A menos que no quieras…

Santi y Elvia se abrazaron como en las mejores películas rosas. Salí de la habitación un momento. Me moría de envidia. Elvia se casaría con el hombre que quiso desde niña y yo me había quedado sin novio. Pero también me daba gusto por ellos.

Papá acompañó a Santi a casa de Elvia, charlaron largamente, dieron toda clase de excusas y apenas un mes después, Elvia y Santiago se casaron en La Sagrada Familia. Yo fui madrina de lazo y lloré durante toda la ceremonia. No podía creer que mi fastidioso hermano fuera un caballero de cuento. Mi madre lloraba también y se quejaba de que no era lo que quería para su hijito. A todo el mundo le contaba que Elvia era una zorra que lo había atraído con artes de magia negra y que su vergüenza era doble, teniendo una monja en la familia. La monja satánica me veía como si yo tuviera la culpa de todo. Pero el resto de la familia estaba contenta. Desde luego hubo especulaciones sobre un embarazo de Elvia y cosas así, pero mi hermano y mi amiga se veían felices, papá estaba orgulloso, los padres de Elvia resignados y yo… soltera y castigada sin salir el resto de mi vida, para que no me fuera a pasar lo mismo que a mi pobre hermano y a la zorra de mi cuñada.

## 9

Llego a la mansión de doña Fátima a las 9:50 a.m., espero cinco minutos y llamo a la puerta. Una criada jovencita y muy simpática me hace pasar al fondo, pues doña Fátima ha dispuesto que tomemos el té en el jardín. Cruzo toda la casa sorprendida. Yo esperaba que fuera de muy mal gusto y no es así. Está muy recargada, pero se ve bien. Es como un palacio neoclásico, lleno de mármol, de muebles rococó y cuadros que van desde magníficas copias de los pintores y escultores renacentistas hasta obras originales de Tamayo, Toledo y Felguérez. Desde fuera, la casa se ve como cualquier otra de la zona, pero por dentro es difícil imaginar que alguien tenga tanto valor artístico. Extrañamente no desentona esta revoltura, al menos no puede sorprenderle a nadie que haya visto a doña Fátima.

La terraza que da al jardín es espléndida, también de mármol, con un barandal magnífico y el techo sostenido por columnas salomónicas. Los muebles de hierro forjado, aunque no encajan con el lugar, son una belleza. Toda la terraza, que mide unos ocho metros cuadrados, está rodeada por bellísimas jaulas doradas llenas de canarios y de loros. ¡Por algo se dice que las mascotas se parecen a su dueño!

El jardín es un verdadero paraíso. Un jardinero fornido, bastante atractivo, de unos cuarenta años, trabaja sin camisa y con gran ahínco en unos setos, a los que les da formas maravillosas. No sé cuál paisaje es mejor, si las figuras que va logrando o su cuerpo broncíneo, sudoroso, que brilla en todo su esplendor a los rayos del creciente sol.

—¡Veo que disfrutas del paisaje, querida!

La Chiquis me saca de mi edén erótico mental. Me sonríe pícaramente. Me pongo de pie y le doy un abrazo.

—Aquí me tienes ya, querida amiga —le digo de corazón—. Pero no esperaba un recibimiento tan… especial.

—¡Ay, queridita! —suspira al tiempo que se sienta—. Pocos son los momentos realmente buenos en la vida y todos ellos tenemos que procurárnoslos nosotras mismas.

Tomo asiento a un lado de la Chiquis y nos quedamos viendo a aquel hombre. Él se incorpora, se enjuga el sudor de la frente con el dorso de la mano, lo que nos deja ver sus músculos en todo su esplendor y nos arranca un suspiro a ambas. Al ver que lo observamos, saluda con una inclinación de cabeza que respondemos de la misma forma, se da la vuelta, como si quisiera que viéramos su magnífica espalda y sus deliciosas nalgas y se va a otra región del jardín.

—A veces me cansa un poco la rutina —comenta la Chiquis—, pero cosas como estas me indican que mi vida es maravillosa.

—¡Qué hombre más hermoso, Chiquis!

—Desde que nos presentaron supe que eras una mujer inteligente. ¿Podrás creer que la mayoría de mis amigas hacen como que no lo ven?

—Estarán ciegas.

—No, ¡qué ciegas van a estar! Más de una le ha ofrecido trabajo a escondidas.

—¡Qué cínicas! Perdón, pero detesto a la gente desleal.

—E hipócritas. Ninguna de ellas está invitada a mi jardín después de eso. Las tontas no saben que yo le doy a Ramón algo que ellas no pueden brindarle —dice guiñándome un ojo.

—¿Pues qué le das? —exclamo con morbo y acercándome para que me lo diga en confidencia—. ¿No me digas que…?

—¿Sexo? No, queridita, no. Eso me lo da él a mí y por muy buen dinero. —Mis ojos se abren como platos, resultado de la sorpresa y de la envidia—. Le doy algo que ellas nunca le darían.

—¿Qué es?

—Un jardín enorme para que haga lo que él quiera.

—¿En serio?

—Los artistas, querida, puedes encontrarlos en cualquier parte, pero es difícil que tengan el material adecuado para trabajar. Eso es lo que yo le doy.

—Cada día me sorprendes más, Chiquis.

Cuando termino de decir eso me percato que sólo tengo un día de conocerla. Es como si nos hubiéramos visto desde que nacimos, como si tuviéramos la misma edad, como si nos hubiésemos criado juntas. La Chiquis debe estar pensando lo mismo, porque dice:

—Yo también siento como si te conociera desde siempre. Estoy segura que hemos coincidido en otras vidas. Ven conmigo.

Me lleva hacia el fondo del jardín. Hay una extensión bastante grande que sólo tiene pasto. Ahí está Ramón, arrancando unas hierbas. Nos detenemos un instante para verlo y disfrutarlo nuevamente.

—¿Qué haces, Ramón?

—Buenos días, doñita. Buenos días, señorita. Estoy quitando unas hierbas que andan creciendo donde no las llaman.

—Pero si ya te dije que voy a construir una casita aquí.

—Pos sí, pero si las dejo pos luego van a pensar que pueden crecer donde les dé la gana y así no es la cosa, señito.

—Bueno, bueno. No te enojes. Mira, te presento a la arquitecta que va a hacer mi *Petit Trianon.*

—Mucho gusto, señorita —dice extendiéndome la mano luego de limpiársela en el pantalón.

—El gusto es mío, señor Ramón —contesto estrechando su firme e inquietante mano—. Permítame felicitarlo por su jardín. Es digno de reyes.

—Porque es de una reina —replica mirando a Fátima y haciendo una reverencia con la cabeza. La

Chiquis se ruboriza—. Oiga, señito, ¿irán a meter mucha máquina pa' la construcción?

—Pues, sí. Hay que usar maquinaria pesada.

—¡Úchala! Me van a arruinar el jardín.

La Chiquis y yo nos miramos. No habíamos pensado en ello.

—Oye, querida, ¿no podemos hacer algo? Ya bastante daño le estoy haciendo a Ramón quitándole parte del jardín.

—Pues sí hay mucho riesgo, los trabajadores no suelen ser muy cuidadosos. Deberías pensarlo bien.

La Chiquis se entristece y yo más. Hay que resolverlo ya porque tengo frente a mí a dos personas decepcionadas y voy a tener un montón de jefes furiosos si la Chiquis cancela el contrato. Miro la barda del fondo.

—¿A dónde da esta barda, Chiquis?

—Es una zona rocosa. Mi difunto marido no quiso construir ahí porque, cincuenta metros más allá, hay un barranco. Dijo que sería peligroso para los niños.

—¿Y hay manera de llegar a esa parte sin pasar por el jardín?

—Sí. Mi difunto pensaba en todo. Del lado izquierdo hay una calle, que está cerrada con una reja, por seguridad.

—¿Es ancha?

—Bastante —dice, entendiendo mi idea—. Un camión puede pasar sin dificultad por ella.

—Tengo que hablar con el ingeniero, para que lo considere cuando venga. Habrá que incluirlo en los permisos correspondientes, buscar un experto en ecología para proteger el jardín, poner protección para que ningún trabajador se caiga a la barranca y será necesario tirar parte de la barda, pero me parece que se puede hacer.

—¡Lo sabía! ¡Tú vas a resolverlo todo! —Me da un beso en la mejilla y le dice al jardinero—: Ramón, esta muchacha va a ser la guardiana de tus creaciones.

—Muchas gracias, señito. Téngame por su servidor.

Dicho eso se retira. La Chiquis y yo, cómplices ya, nos dedicamos a verlo mientras se aleja. En cuanto lo perdemos de vista suspiramos nuevamente.

—Ven, queridita. Ahora nos toca conocernos mejor. ¡Me muero por leerte el té y el tarot!

## 10

La mañana de "lectura" con la Chiquis fue deliciosa. Sirvió unas pastas que se derretían en la boca y procedió a leerme el té, aunque no encontró gran cosa. Al final me reclamó:

—No me estás ayudando, querida. No quiero entrometerme en tu vida pero estoy segura que estamos destinadas a conocernos y a ayudarnos. Ya has hecho bastante por mí, ahora quiero hacer algo por ti.

—No entiendo.

—Si no te concentras, ni el té ni las cartas nos van a decir mucho.

—¿Qué es lo que quieres saber?

—¡Todo! Pero hoy basta con que te abras un poco y yo me encargo de lo demás. Baraja las cartas. Concéntrate. Piensa en ti.

Mezclo las cartas como puedo, mis manos son muy pequeñas para barajarlas como profesional. Fátima me pide que las divida en tres y luego dispone tres de ellas sobre la mesa.

—¿En qué pensabas mientras mezclabas las cartas? —pregunta divertida—. ¿En Ramón?

—No —digo, seguramente sonrojada—. Más bien en el pasado. Ayer, como comentaste lo de mi nacimiento durante el temblor del Ángel, estuve hablando con el ingeniero del terremoto del 85 y recordé muchas cosas. ¿Por qué creías que pensaba en Ramón?

—Porque aquí veo un hombre, fuerte, atractivo, sensual, pero de baja estofa... —dice sin tapujos.

—¿Y qué dice? —pregunto apenada y muy interesada, pues sé perfectamente de quien se trata.

—Veo una relación apasionada, pero efímera. Sin embargo, no percibo una tragedia alrededor.

—Es que no fue trágico... —comento, haciéndome la misteriosa—. ¿Qué más ves?

—Veo que te hizo muy feliz. También veo que le hiciste un gran bien.

—¿En serio? —exclamo con mucha alegría, asomándome a las cartas, como si yo supiera leer algo así.

—¡Cuéntamelo todo!

Y comienzo el relato sin mucho esfuerzo.

—No voy a contarte del día del terremoto porque eso merece una plática aparte. Todos tenemos mil historias sobre el terremoto del 85. Sólo te diré que nunca me llevé bien con mi madre. El día del primer terremoto me hizo repetir rosarios como una imbécil y me obligó a ayudar con los heridos en el hospital que improvisaron las monjas del colegio en el que yo estudié. Me hizo enfrentarme a la tragedia en carne viva, viendo heridos, confortando moribundos y aguantando las náuseas que me daba el olor dulzón de la sangre humana en vías de descomposición, mientras ella se quedaba en casa, haciendo como que rezaba para la salvación de las almas en pena. Cuando sobrevino la réplica del 20 de septiembre, yo acababa de regresar a la casa y volvió a golpearme mientras tenía lugar el temblor. Cada verso de *La magnífica* iba acompañado de un bastonazo. —La Chiquis abre los ojos como platos—. No sólo fue angustiante y doloroso, sino que me dejó marcas bastante visibles. Me abrió la ceja y me descalabró, aparte de dejarme hematomas por todos lados. El estado de locura que denotaba mi madre me preocupó tanto que no me ocupé de curarme. Una vez que pasó el movimiento la ayudé a levantarse. Aún estuvo delirando y diciendo cosas terribles de mí, pero como si yo no estuviera presente. Yo estaba muy asustada.

—Pero, ¿por qué te pegó?

—Mi madre, querida Chiquis, me culpó siempre de todos los terremotos.

—¡No puede ser! —exclama incrédula.

—Pues sí. Por ridículo que suene. En su delirio, entre otras cosas, me acusó de haber visto con lascivia a los muertos y heridos que había ayudado el día anterior.

—¡No te creo!

—No te preocupes, nadie me cree. En cuanto pasaron algunos minutos mi madre se repuso. Entonces reparó en los golpes y heridas que yo tenía en la cabeza y la cara. Me tomó del cabello y me jaló violentamente hasta el baño, para curarme. Sangraba profusamente, por lo que mamá se asustó y decidió llevarme al hospital improvisado de las monjas. Yo estaba demasiado aturdida y hasta supongo que tuve una contusión, porque recuerdo vagamente las cosas. No está claro cómo llegué al colegio, me recuerdo ya sentada en una silla, mientras la hermana Graciela me curaba las heridas.

❀❀❀

—¡Ay, madre! ¿Se pondrá bien?

—Yo creo que sí, doña Matildita —dijo la hermana Graciela con tranquilidad—. Por desgracia no se le pueden hacer radiografías, todos los centros de salud están saturados o destruidos, pero yo la veo bien.

—¡Imagínese! ¡La pobre nena tratando de salvar a esas familias y ese poste se le vino encima! —sollozaba mi madre.

Yo estaba muy aturdida. Me tardé un poco en reaccionar.

—¿Qué?

Y mi madre corrió a abrazarme, muy fuerte, para no dejarme hablar. La hermana Graciela nos separó.

—Bueno, Matildita, ya pueden irse.

—No, hermana —dije apretando la mandíbula para no proferir ninguna grosería contra mi madre—. Si usted me permite, me quedo aquí para seguir ayudando.

—¡Mi nena! ¡Eres una santa! —exclamó mi madre y volvió a abrazarme. Tal vez creyó que me había tragado su mentira—. Bueno, hermana, aquí se la dejo para lo que pueda servir.

Y se fue sollozando y dando gracias a Dios por ser la madre de una heroína. La hermana Graciela pasó con el herido de junto, para revisar sus vendajes. Yo tuve que salir corriendo porque la actitud de mi madre me dio tanto asco que tuve que vomitar. Traté de refrescarme con algo de agua, pero no había agua en el colegio. Decidí tomar un poco de aire en el patio y regresé con la hermana Graciela.

—¿En qué la ayudo, hermana? —pregunté, aunque en ese momento sentí un mareo y tuve que sentarme para no caer.

—Quedándote quieta y descansando. —Volteó a verme, se sonrió y me dijo—: Déjame revisar a los enfermitos, a ver si mientras se me pasa el coraje contra tu mamá y me platicas todo.

Dicho esto, la hermana siguió su ronda y yo caí en un profundo sopor, vencida por el cansancio. Desperté horas después, en la madrugada, con dolor de cabeza pero sintiéndome mucho mejor. La hermana Graciela estaba junto a mí, dormitando, con un rosario entre las manos. Un herido se quejaba intensamente. Me incorporé, tomé la vela que estaba junto a la hermana Graciela y algo me hizo acercarme al herido.

—¿Qué le pasa? ¿Lo puedo ayudar? —le pregunté en voz baja, para no despertarlos a todos.

—Me duele mucho la mano izquierda.

El hombre no tenía ni mano, ni brazo. Un muñón vendado y ensangrentado era lo único que quedaba de su brazo izquierdo. Me horroricé y sentí que me desmayaba, pero respiré fuerte.

—Voy a ver si hay algún analgésico, pero ayer ya casi no teníamos —le dije, mientras limpiaba su frente con un trapo que habían dejado ahí.

—Eso se siente bien —dijo sonriente.

Le sonreí también y fui con la hermana Graciela, que era la única que estaba de guardia.

—Madre… madre…

—¿Qué pasa, hija? ¿Te sientes mal? —dijo en voz baja.

—No —dije, olvidándome del dolor de cabeza—, pero el señor de allá, el que no tiene brazo, dice que le duele mucho la mano… que ya no tiene.

—Es natural. ¿No le dijiste que ya no la tiene?

—No me atreví —respondí, conteniendo las lágrimas.

—Ya no hay nada para quitar el dolor. Voy a ver qué puedo hacer. Tú ve a la cocina y espérame ahí. Seguro que no has comido nada.

Obedecí y me fui a la cocina. La hermana Isabel, que estaba ahí, me dio un atole y un pan bastante duro que me supieron a gloria.

—Ya no hay comida, como nos hemos estado ocupando de los heridos nos hemos olvidado de hacerla. Mañana vamos a ver qué conseguimos, porque el gas se está acabando y casi no hay agua. Por lo pronto te puedo ofrecer esto.

—Gracias, hermana.

Comí con avidez. No me había dado cuenta del hambre que tenía y hasta el dolor de cabeza se me quitó. Una media hora después apareció la hermana Graciela.

—¿Cómo sigue ese hombre, hermana?

—Ya está bien, ya está con Dios, hija —dijo suspirando.

Las lágrimas se me salieron de los ojos.

—No te aflijas, es mejor así. El brazo lo perdió en la tragedia y ningún médico había podido venir a atenderlo, se estaba pudriendo sin que pudiéramos hacer nada. Además lo ayudaste mucho.

Levanté la cabeza y la miré con reproche.

—Hija, ayudar no es sólo salvar vidas. Cuando fui a verlo ya no tenía dolor, me dijo que su sufrimiento se lo había llevado un ángel que le había enjugado la frente, luego murió. Lo ayudaste a bien morir, pensando en Dios y sus santas huestes.

Me solté a llorar plenamente.

—Ya, contrólate que ahora no tenemos tiempo de llorar. Ya lo tendremos cuando pase esta prueba del Señor.

—¡¿Cómo puede seguir creyendo en Dios cuando nos trae tantos males?! —grité furiosa, pero luego me di cuenta que estaba ofendiendo a las hermanas y me contuve. Para mi sorpresa, la madre Graciela y la hermana Isabel estaban sonriendo—. Les ruego que me perdonen. No quería ofenderlas.

—¡Ay, hija! Hace mucho tiempo sé que no tienes fe en Dios, que no crees en él. No soy ciega. Cuando estabas en el colegio te veía en las misas, cuando rezábamos, te veía callar cuando había que hacer algún acto religioso. Lo último que realizaste con devoción cristiana fue ese cuadro de la virgen que está en la capilla. No sé qué fue lo que te alejó del Señor, pero Dios tiene muchas maneras de manifestarse. De todas tus compañeras, tú, *la atea, la mala hija, la hereje,* como te dice tu madre, eres la única que se presentó para ofrecer ayuda.

—Yo no quería… mi madre me obligó.

—Pero viniste. Y ayudaste dos días con todo el asco, con todo el horror que te provocan los heridos, con el terror que te causan los muertos. Renegando de Dios pero ayudando a los desvalidos. Conteniendo el vómito cada vez que veías un ojo reventado o unas tripas de fuera. —Contuve una arcada—. Te aseguro que a nadie le gusta atender estas tragedias, pero venciste el horror que te causan y aquí estás. Mírate, ayudaste a morir tranquilo a un pobre hombre. Eso es más que suficiente para que tu esfuerzo valiera la pena. Ahora sí cuéntame, ¿cómo te hiciste esas heridas?

Me quedé perpleja.

—¿Usted sabe…?

—¿Que es mentira lo que contó tu mamá? ¡Claro! Hace años sé que inventa casi todo, sobre todo las hazañas de la familia. Siempre ha querido hacer de lo cotidiano algo extraordinario: tu hermano es la rencarnación de Jesucristo y tú el demonio del desierto —dijo con picardía y santiguándose—. Además, te trajo varias horas después del terremoto, de haber ocurrido las cosas como ella dijo, te habría traído de inmediato. ¿Ella te pegó?

—Sí.

—¿Por qué?

—Dijo que por "puta". —Me ganó la risa, las hermanas no daban crédito—. Todos los terremotos que hay son culpa mía. Siempre hago algo "de putas" que obligan a Dios a castigarnos a todos. Según ella, tuve deseos lujuriosos con los heridos y muertos.

El semblante de la hermana Graciela se transformó por la furia. La hermana Isabel le tocó el hombro para contenerla, aunque ella también estaba muy enojada. Respiró fuerte y caminó de un lado a otro de la cocina para calmarse. Finalmente pudo hablar:

—No te preocupes, hija. Hay locos en todas partes y los peores son los fanáticos religiosos —dijo guiñándome el ojo. Yo estaba muy sorprendida—. Ahora quédate aquí en la cocina para que descanses, acomódate en alguna esquina y mañana te vas a casa.

—Madre… yo quiero ayudar.

—No tiene caso que ayudes así, hija, no quiero que te enfermes de depresión.

—Pero yo sé cocinar muy bien, acuérdese. La hermana Isabel me dijo que no había quién hiciera la comida para todos porque estaban ocupadas atendiendo enfermos.

—Tampoco hay mucha comida para hacer —dijo la hermana Isabel.

—Pero arroz y algo más habrá. En casa mi madre tiene costales de frijoles, habas y algunas otras cosas. Mamá no querrá dejar de hacer esta "obra piadosa" para los más necesitados —dije guiñando un ojo.

La hermana Graciela me vio contenta, asintió y dijo pícara:

—Está bien. Yo te acompañaré por las cosas para que no tengas que cargarlas sola. Así agradeceremos en persona la generosidad de esa santa señora. Y, si hace falta, le pediremos al padre José Luis que nos acompañe. A él no le puede negar nada tu mamá.

Y salió de la cocina, estoy segura que gozando de antemano nuestra travesura.

## 11

—Entonces, ¿el padre y tú…? —pregunta la Chiquis, haciendo una seña algo obscena, pero muy elocuente.

—¡¿Cómo crees?! Todavía falta esa parte de la historia.

—Pues qué lástima, porque los curas son bastante buenos en los menesteres del amor —dice la Chiquis suspirando, no sé si en serio o en broma, pero no quiero averiguarlo.

❀❀❀

—Como te decía, mamá era de esas mujeres que hacen caravana con sombrero ajeno. Cada mes hacía una colecta de alimentos por la colonia, diciendo que eran para los niños de un orfanato en el pueblo de la nana, cosa que era mentira. Ella guardaba todas las cosas y cuando en la parroquia le pedían algo para los pobres, ella ofrecía su ayuda y daba parte de la comida para el efecto, aunque siempre guardaba por si se ofrecía. El padre y las hermanas lo sabían, pero se hacían de la vista gorda para seguir recibiendo los donativos, que eran muy generosos.

Al día siguiente, la hermana Graciela y el padre José Luis me acompañaron a casa en la camioneta de la parroquia. Cuando mi pobre madre nos vio entrar se puso pálida. La hermana Graciela fue algo perversa:

—Matildita, queremos hablar con usted de un asunto muy serio. Ya su hija nos contó…

Mi madre se me quedó viendo con odio.

—No sé qué les habrá contado esta mala hija, pero yo tengo mi conciencia limpia.

—Desde luego —dijo el padre José Luis, a quien la madre Graciela le había contado todo y se estaba divirtiendo de lo lindo—. Yo no lo creí, por eso vinimos a hablarlo con usted.

—Pues, usted sabe, esta niña siempre anda inventado cosas… —replicó, tratando de disimular su enojo y mirándome con ojos furiosos.

—Es una lástima, porque esperábamos que usted pudiera ayudarnos —dijo el padre.

—¿En qué…? —preguntó mi pobre madre, bastante confundida.

—Pues la nena nos contó que este año usted, seguramente inspirada por algún ángel de bondad, hizo una colecta de alimentos y que tiene una buena cantidad con la cual apoyarnos y apoyar a la pobre gente, menos afortunada que usted, para que podamos alimentarlos en estos tiempos de necesidad.

Mi madre respiró aliviada, pero luego me miró con recelo. Sin duda planeaba sacar sus reservas cuando ya nadie tuviera, para hacer una donación más espectacular. De todos modos agradeció a Dios, fingió enjugarse una lágrima y dijo:

—¡Ay, padre! Ya sabe que para eso estamos, con el favor de Dios. Pero no es tanto como dice esta niña. A ella le parece mucho, pero es tan poco lo que se puede hacer por los pobres. Sólo son un par de cajitas de arroz y frijol…

—No, mamita, no. Acuérdate que tienes muchos costales guardados y como seis cajas con leche en polvo, aceite y otras cositas. ¡Acuérdate!

—¡Ay, nena! —me dijo, levantando las cejas repetidamente para que yo me callara—. Eso debe estar echado a perder.

—No se preocupe, Matildita —terció la hermana Graciela—, ya nos encargaremos de darle un buen uso. ¡A buena hambre no importa el frijol con gorgojos!

—¿Dónde están las cosas? —dijo el padre José Luis.

—Yo lo llevo, padre —canturreé levantándome.

Y salimos presurosos a la bodega. Mamá estaba echando chispas y nosotros aguantándonos la risa. Me sorprendí pues tenía casi veinte costales de frijol y arroz y como diez cajas llenas de comestibles. Era más de lo que yo esperaba. El padre fue muy prudente y no sacó todo. No sabíamos cuánto tiempo habría desabasto y no era cosa de dejar a mamá sin comer. El padre subió las cosas a la camioneta y nos dispusimos a irnos.

—Muchas gracias, mamita —le dije, dándole un beso en la frente. Ella se paralizó con furia, pero lo disimuló bastante bien, sólo yo sentí en mis labios cómo se retraía su cara. Hacía muchos años que yo no le daba un beso y en seguida se dio cuenta de que me estaba burlando de ella.

—¿A dónde vas?

—A ayudar a las monjitas, como tú me dijiste. Ahora voy a ser cocinera.

Me subí a la camioneta y el padre arrancó dando gracias y bendiciones a mi madre. Al llegar a la esquina le pedí que me dejara bajar.

—¿Qué piensas hacer? —me preguntó el padre.

—Voy a ver a papá y con suerte les llevo una sorpresita.

—Pero no te tardes —dijo la hermana Graciela—. La comida no se va a hacer sola.

—No se preocupe, madre.

Papá se había ido a vivir a unos departamentos de la colonia San Rafael. Su edificio estaba en pie y él a salvo, al menos era lo que yo sabía hasta antes del segundo terremoto. Cuando abrió la puerta me abrazó y vio con horror mis heridas, de las que ya no me acordaba. Rápidamente le expliqué lo que había pasado, menos que los golpes me los había infligido mi madre y rio mucho cuando le conté cómo la habíamos "asaltado" el padre, la hermana Graciela y yo.

—Y ahora me quieres asaltar a mí, ¿verdad? — Sonrió pícaramente.

—¿Puedes? —pregunté, abriendo mis ojos como platos, aunque sabía que no hacía falta enternecerlo.

—Déjame ver qué se puede hacer. ¿Es en tu colegio?

—Sí.

—Te voy a visitar en la tarde.

—Gracias, ya me voy a cocinar.

—Espérame, yo te llevo.

Y me llevó de regreso al colegio. Corrí hasta la cocina, más para no ver a los heridos que por la urgencia de cocinar. Cuando entré, la hermana Isabel estaba hecha unas pascuas. Sacaba ollas y tenía a unas señoras ayudándola a limpiar el arroz y los frijoles.

—¡Ay, niña! ¡Bendita seas! Mira cuánta comida tenemos gracias a ti.

—Gracias a mi mamá.

—¡Gracias a ti, niña! Tu mamá no dona ni un comino si no logra que la veneren como si fuera una santa. Pero, no importa. Ahora hay que hacerlo todo. Ayúdame con los frijoles.

Y me senté a limpiar los frijoles, muy contenta. Siempre me gustó cocinar sin tener a mi madre atrás de mí diciendo que todo lo estaba haciendo mal.

—Hermana, hay que ir ahorrando comida. No sabemos hasta cuándo nos va a durar ni cuándo volverá la luz, no hay manera de mantenerla fresca.

—¡Ay, niña! —contestó haciendo cara de lástima—. Te falta mucho por aprender. No serás de las que creen que los refrigeradores han existido toda la vida, ¿verdad?

Me sonrojé. Ella se acercó a un enorme arcón que tenía en la cocina.

—Ya tengo guardada aquí la comida que se descompone. Mira. El dueño del establo vino a regalarnos mucha leche, que fue lo que di de desayunar y aún queda esta poquita. Cuando ya no esté fresca te enseño a hacer requesón.

Y seguimos trabajando a toda velocidad. Las horas pasaron volando. Apenas habíamos terminado la comida y ya había que hacer la cena. Como a las cinco de la tarde llegó papá con cincuenta garrafones de agua y cinco tanques de gas que no sé de dónde sacó. En ese entonces papá trabajaba en una de las pocas empresas que surtían agua embotellada y los embaucó para que hicieran el donativo, o tal vez él la compró, no lo supe nunca. Las hermanas fueron a agradecerle personalmente. Les gustaba mucho mi papá, era muy atractivo. La hermana Isabel les pidió a papá y a los mozos que le ayudaran a cargar treinta garrafones y tres de los tanques de gas para esconderlos en la bodega. No era conveniente que vieran que teníamos abundancia y qué bien hizo, pues los servicios tardaron mucho tiempo en restablecerse.

Terminamos de servir la cena como a las diez y estábamos exhaustas, no habíamos pensado en las velas que se estaban agotando rápidamente. La hermana Isabel ya no se tenía en pie, así que le dije que se fuera a descansar unas horas, que yo me hacía cargo de la cocina durante la noche. Estaba tan agotada que me tomó la palabra. Yo me quedé terminando de limpiar los trastes con la menor cantidad de agua posible. Quitaba el exceso de comida con la mano y lo iba poniendo en una bolsa, con eso alimentamos a los perros que protegían el colegio. Luego tallaba bien con una esponja y algo de jabón y enjuagaba en una gran tina.

Como a las diez y media entró la madre Graciela con un hombre que venía protestando. Se veía realmente fatigado. De unos veinte años, no mediría más de metro y medio. Moreno de raza y de sol, su piel brillaba a la luz de la vela que conservaba encendida. Ojos muy negros y profundos, brazos musculosos y manos callosas, sin duda fruto del trabajo duro.

—…no, madre. Yo me siento bien.

—Usted tiene mucho tiempo sin dormir y sin comer. Si quiere seguir ayudando tiene que comer y descansar un poco. ¿Quedó algo de comida? —me preguntó la hermana Graciela.

—Aquí tenemos un poco, alcanza para usted y para el joven.

—Rogaciano, señorita. Rogaciano Gómez, pa' servirle.

—¿Ya ve? —le dijo la hermana Graciela—. Vamos a cenar juntos.

Les serví un poco de arroz y frijoles. Comieron con mucho apetito, evidentemente habían olvidado que tenían mucho tiempo sin comer. En cuanto Rogaciano comió la última cucharada de arroz cerró los ojos y se desplomó sobre el plato, vencido por el cansancio. Yo me asusté mucho.

—No te asustes. Este muchacho está muy cansado. Es albañil, trabajaba en una construcción aquí cerca y desde el primer terremoto se ha dedicado a ayudar para sacar de las ruinas a los heridos. No ha parado un solo instante. Toma el zapapico para romper las losas y en cuanto sacan a un herido que puede transportar sin camilla, se lo echa sobre los hombros y lo trae aquí. No sé cómo pudo resistir hasta ahora. Está tan cansado que se va a convertir en enfermo y no necesitamos otro más.

—Usted tampoco ha descansado, madre.

—Tienes razón —sonrió fatigada—. No predico con el ejemplo.

—Nunca me la imaginé así, madre. Tampoco pensé que supiera tanto de primeros auxilios.

—No sé mucho. Siempre quise ser hermana de la caridad, pero los caminos de Dios me trajeron a esta escuela que adoro, aunque no me hubiera disgustado ayudar a los enfermos. Si mis padres lo hubiesen permitido habría estudiado enfermería antes de entrar al convento.

—Es necesario que duerma, madre. Yo me quedo aquí por si algo hace falta… Si quiere me quedo con los enfermos —añadí con mucho miedo de que me dijera que sí.

—No hace falta. Ahí está la hermana Hortensia.

—¡Pobres!

—¡Niña! —me reconvino la hermana, aguantándose la risa—. Mejor quédate aquí por si llega algún hambriento. También te encargo a este muchacho, es posible que le dé fiebre o que tenga pesadillas horribles. Sólo Dios sabe lo que habrá visto esta criatura.

La hermana Graciela salió de la cocina y luego de unos cuantos minutos regresó con una cobija que puso sobre el muchacho y me dio otra a mí.

—Por si te da frío más tarde. Buenas noches y que Dios te bendiga.

Quise apagar la vela para descansar un poco pero el pánico me lo impidió. Sentía que todos los fantasmas de la escuela me atacarían por la noche y que las ánimas de los muertos vendrían a buscar refugio junto a estas santas hermanas y huirían de la hermana

Hortensia, la temida monja satánica, que no me explicaba cómo era que estaba cuidando heridos, con lo pagada de sí misma que era. Mejor me puse a limpiar frijoles, que harían falta en la mañana y así no tendría malos pensamientos. Tarareaba en voz muy baja, para no despertar al pobre Rogaciano, que de pronto se quejaba y daba gritos de horror. Bien decía la hermana Graciela que ese muchacho había visto cosas terribles. Mientras limpiaba los frijoles cabeceaba de cuando en cuando por el cansancio y el silencio, pero seguía mi labor. La voz altanera de la hermana Hortensia me hizo pegar un grito.

—¿Dónde hay más velas?

—¡Ahhhhh!

—Siempre tan estúpida y timorata —me regañó como de costumbre—. No sabía que estabas aquí. ¿Qué estás haciendo donde no te llaman?

—Vine a ayudar —dije con mucho miedo, como si me encontrara aún en la escuela y la monja satánica pudiera reprobarme todavía.

—¿Ayudar? ¿Tú? Habrás venido a estorbar. Si nunca has servido para nada. Bueno, no es asunto mío. ¿Dónde hay más velas?

—No lo sé. Déjeme buscar en la alacena.

Me levanté asustada, con ganas de encontrar las velas rápido para que se fuera pronto.

—Ese bulto que está ahí, ¿qué es?

—Es un muchacho. Lo trajo la madre Graciela.

—¿Y ella lo dejó que se quedara aquí contigo a solas? —preguntó con muy malas intenciones.

—Ella lo ordenó, de hecho —le dije enfrentándola y dándole unas velas—. Ordenó que se quedara a descansar aquí y que yo lo atendiera.

—Bueno… — suspiró como resignada—, al fin que ya no eres mi responsabilidad. En todo caso es culpa de la madre superiora que siempre te ha sobrevalorado. Además, no creo que te atrevas a nada con el olor que despide el fulanito ése.

La hermana Hortensia salió del lugar. Yo no había reparado en el olor del hombre, pero era natural, había trabajado tres días sin descanso. De hecho, la ciudad entera tenía un olor dulzón, a polvo y a sangre humana. El olor era lo de menos, Rogaciano era un héroe de verdad que se había jugado la vida y la salud para ayudar a los demás, no como la hermana Hortensia, que estaba cuidando a regañadientes a unos pobres heridos, que además de tener que sufrir sus laceraciones tenían que soportar los malos modos y la fatuidad de esa monja majadera.

—¿Tiene un poco de agua, señorita?

Volví a brincar del susto.

—Usted dispense, no quería asustarla.

—No, no se preocupe. Ahora le doy el agua.

—Bueno, yo decía un poco de agua para lavarme. La señora que vino tiene razón, no me he bañado en tres días.

—Pues la estamos racionando, pero claro que le puedo dar una poca.

Puse agua en la cubeta donde lavábamos los trastes, también saqué un poco de jabón, tomé una vela y se la di.

—No hay agua caliente, lo siento. Pero puede lavarse en una esquina del patio, ahora todos duermen. Guarde usted el agua para usarla luego para lavar los pisos y traiga su ropa para que yo la lave. Mientras, puede taparse con el sarape.

—Muchas gracias, señorita. Es usted un ángel.

Ya me habían llamado ángel demasiadas veces. Decidí apagar la vela, teníamos que ahorrar. La luna me dejaba ver lo suficiente para poner a remojar los frijoles y puse a cocer las habas para ganarle tiempo al tiempo. Seguí mis labores a la luz de la luna. Si yo era un ángel, los fantasmas nada podrían hacerme. Rogaciano entró en la cocina luego de unos minutos.

—Ya lavé la ropa, señorita. ¿Puedo ponerla aquí en la cocina cerca de la estufa? Es más fácil que se seque con el calor.

—Me la hubiera dejado a mí, usted tiene que descansar.

—¿Cómo cree? Un ángel no debe lavar la ropa de un vil albañil como yo.

—Usted no tiene nada de vil y a mí no me cuesta ningún trabajo lavar —le dije, quitándole la ropa mojada de las manos y exprimiéndola nuevamente para extenderla sobre unas sillas—. Está muy bien lavada y muy bien exprimida. Se ve que…

El joven se dio cuenta que iba a extender su ropa interior y me la quitó de las manos. La brusquedad del movimiento hizo que la cobija con la que cubría su desnudez se cayera. Sus dedos rozaron mi mano, nos miramos a los ojos un instante y luego me besó furiosamente. Su cuerpo estaba lleno de golpes y rasguños. Estiré la mano para tocarlo, para acariciar sus heridas y algo me hizo besarlas. Entonces él ya no pudo más: me tocó por todos lados, me susurró cosas ininteligibles al oído, me besó y me quitó la ropa. Yo nada podía hacer. La vista de aquel hermosísimo hombre desnudo y la ansiedad en la que me tenía sumida mi inútil virginidad me hicieron olvidarme de mí misma. Perdí la doncellez en medio de una tragedia… en el piso de la cocina de mi escuela… en un colegio de monjas… en los brazos de un héroe.

## 12

—¿Cuántos años tenías? —pregunta la Chiquis.

—Veintiocho.

—¡¿Y todavía eras virgen?! —dice casi ofendida.

—Pues…, sí —contesto, apenada.

—¡Qué desperdicio! Yo a esa edad… —la Chiquis suspira—. Bueno, ¿y él qué hizo cuando se dio cuenta?

—Se apenó muchísimo, se disculpó y me veneró aún más de lo que ya lo hacía. Me pidió perdón por abusar de mí, pero la verdad yo le agradecí que me quitara ese lastre que llevaba cargando.

—¿Y qué pasó después?

—Nos seguimos viendo casi dos semanas. En las mañanas él se iba a continuar con los rescates y yo a la casa a dormir un rato. Me la pasaba pensando en él y deseando poder contarle a mi madre que ahora sí podía llamarme puta. Cada vez que la veía sonreía con malicia. Ella evitaba mi mirada y creo que pensó que me había vuelto loca a golpes. Hacía algo de comida para mi madre, me aseaba lo más posible y regresaba en la tarde para ayudar a las monjas. Papá iba casi todas las tardes a llevar algo: comida, ropa, agua. Lo que consiguiera. Charlábamos un rato, reíamos, hasta nos ayudaba como podía a cocinar. Se iba en las noches y yo me quedaba "de guardia" durante la madrugada, pero en realidad esperaba a que Rogaciano volviera de sus rescates para atenderlo, darle de cenar y disfrutar de su cuerpo. Hice todo lo que él quiso. Para mi fortuna, yo no sabía nada del sexo y él me enseñó de todo, sin tapujos y sin que yo tuviera complejos de nada. Entonces yo todavía era bella…

—Estoy segura de que ahora eres mucho más hermosa.

—No lo creo, la juventud da una belleza especial.

—La juventud está sobrevalorada, en mi opinión. Una mujer experimentada, madura, les resulta muy atractiva a los hombres. Tienes una cara hermosa, radiante, ojos enormes, muy buena estatura y no eres de esas flacas artificiales que ahora hay por todos lados.

—Tengo mis dudas al respecto. Le dedican mucho tiempo a verse bellas.

—No creas, nunca están conformes, se empeñan por adelgazar y, cuando lo logran, se dan cuenta que desaparecieron sus curvas, así que se las mandan a hacer de silicón con un cirujano plástico. O con algún carnicero que exhibe un título falso y les cobra más barato.

—A muchos hombres les gusta eso.

—Bueno, yo creo que a los hombres les gustan las mujeres a pesar de eso —ríe como quien sabe que tiene razón—. No importa, esa charla podemos ampliarla en otra ocasión. Cuéntame qué pasó después.

—Pasadas dos semanas, me presenté al trabajo. Había que seguir con la vida y reactivar la ciudad. Yo trabajaba casi de decoradora para una empresa de arquitectos. No podíamos trabajar todo el día porque no teníamos en qué y nadie nos llamaba. La gente necesitaba algo más que redecorar sus viviendas, pero había que ir a hacer acto de presencia. Procuraba irme temprano para ayudar a las monjas, pero, sobre todo, para encontrarme con Rogaciano.

—Oye, ¿y las monjas no se daban cuenta?

—La verdad… yo creo que sí, cuando menos la hermana Isabel tuvo que darse cuenta, su celda estaba junto a la cocina. Hace unos años la madre Graciela me hizo una insinuación, aunque yo desvié la plática. Tendría que preguntarle.

—Yo creo que todas las monjas son unas pervertidas.

—Yo no, particularmente no lo creo ni de la hermana Graciela ni de la hermana Isabel. De la monja satánica sí, pero tengo la teoría de que le gustaban las mujeres. Bueno, de cualquier modo, todo tuvo que terminar. Rogaciano no podía seguir viviendo en la escuela y el rescate de víctimas cada vez era más difícil y más desesperanzador. Yo casi no dormía y el ambiente de la ciudad entera resultaba sofocante. A la tercera semana Rogaciano me dijo que tenía que hablar conmigo y me ofreció matrimonio.

—¿De verdad?

—Sí, yo no lo podía creer.

—¡Un verdadero caballero! ¡Como de cuento! ¿Y qué le dijiste?

—Que no, naturalmente.

—Pero, ¿por qué? Con lo anticuada que te portaste hasta ese momento, yo supondría que dirías que sí para salvar tu honor.

—Él no me amaba, sólo estaba apenado y quería reparar su falta. Así se lo hice ver y creo que hasta descansó. Le dije que era un hombre muy inteligente, muy empeñoso. Que tratara de estudiar una carrera. Creo que me hizo caso. Lo último que supe de él es que estaba estudiando ingeniería en su tierra.

—¿Y qué tal estuvo la despedida?

—¡De antología! Me sentí como si estuviera haciendo mi examen profesional y me parece que saqué la mejor calificación.

—¡Qué maravilla! Me hubiera gustado perder así la virginidad y no con mi primer marido, que era un inútil hasta para eso.

—¿En serio?

—Sí, era un pobre diablo al que mantuve casi cuatro años. Eso sí, era muy guapo.

—Qué pena. Es muy importante el sexo, más si estás casada, supongo.

—Siempre es importante, es la sal de la vida. Afortunadamente lo mataron. —La Chiquis se sonríe ante mi cara de sorpresa—. Es un decir, no es que me haya dado gusto, sino que su muerte me libró de un futuro infernal. Lo mató el esposo de la mujer con la que me engañaba.

—¡Qué canalla!

—Fue una bendición para mí. Y luego me encontré a mi compañero de toda la vida. Muy feo, pero muy sexi, rico, y un amante maravilloso. Al principio no le hice caso, precisamente porque era horroroso y me llevaba algunos años. Me cortejó mucho tiempo, casi tres años hasta que no pude más y cedí. ¡Qué estúpida fui por no hacerle caso desde el primer día! La discriminación es un obstáculo que nosotros mismos nos ponemos. ¡Me hizo tan feliz! Él se me murió luego de veinte años de feliz matrimonio. Pero ya te contaré, no tengo historias como la tuya; sin embargo, hay algunas muy interesantes. ¿Te quedas a comer?

—No puedo. Fíjate que mi madre murió hace un par de meses y me dejó su casa, pero está en un estado lamentable, necesito ir a poner orden. Y en la noche tengo mi reunión semanal con el ingeniero Quiroz.

—¡Es un verdadero muñeco! Y muy amable. Debe ser un amante maravilloso, ¿no?

—No lo sé. Eso parece.

—¡No es posible! —dice incrédula—. Yo hubiera jurado que ustedes eran amantes. Tienen una chispa muy especial.

—Somos muy buenos amigos.

—Pues te estás tardando, chula —dice mientras echa las cartas del tarot—. Si yo trabajara con ese mango no perdería el tiempo. ¿O es casado?

—No —me da risa—. Bernardo no está hecho para el matrimonio.

—¡Tanto mejor! Esos se esfuerzan más por halagarte pero no te fastidian tanto. ¿Hace cuánto lo conoces?

—Unos diez años.

—Demasiado tiempo de amistad. Es una lástima. Debiste intentarlo hace diez años.

Sólo me sonrío. Bernardo siempre me ha gustado, pero nunca lo he visto como pareja. No puedo competir con las mujeres que le salen, quién sabe de dónde.

—Bueno, querida, me hubiera gustado que te quedaras a comer —dice, mientras recoge las cartas, suspirando—. ¿Vienes mañana?

—Claro que sí, pero un poco más tarde, tengo cosas que arreglar.

—¿A las doce está bien?

—Es perfecto.

Salgo de casa de la Chiquis casi a las tres de la tarde. Paso a comprar un pollo rostizado y me dirijo a la casa. Siento que no voy a terminar nunca. El celular suena mientras estoy de camino. Siempre olvido conectar el manos libres, así que espero un alto. Es Bernardo. Mejor le hablo desde la casa.

—Hola, tirano, ¿me llamaste?

—Sí, ¿qué tal te fue con la cotorra?

—¡No seas majadero! Es una mujer encantadora. Me fue muy bien.

—¿Viste el terreno?

—Sí, claro. Va a ser complicado pero el lugar es magnífico. No creo que haya necesidad de hacer cimientos muy profundos, pero habrá que tirar una barda y…

—Eso déjamelo a mí. —Nunca le ha gustado que se metan con su trabajo—. Si quieres hablamos en la noche, nada más que no te voy a poder invitar a cenar hoy, tengo una junta hasta tarde con el ingeniero

Carrasco y creo que vamos a cenar ahí. Mejor cenas aparte y nos vemos en el bar a eso de las once. ¿Te late?

—Puros pretextos para no pagar mi cena, pero está bien. Nos vemos en el bar a las once.

—¡Te pones *sexy*!

—¡Grandísimo majadero! ¡Yo siempre soy *sexy*!

—Si tú lo dices…

—Oye, necesito que me des los datos de los fumigadores que trabajan para la compañía. Esta casa es un nido de cucarachas y me dan mucho asco.

—Me lo hubieras dicho desde el lunes y ya no tendrías el problema. No te preocupes. Mañana te los mando.

—No, mañana no porque me voy a ver a la señora Arteaga otra vez.

—Qué buena noticia. También yo voy mañana. Quedamos a las tres de la tarde. Sí da tiempo de que lleguen los fumigadores.

—Pero yo quedé de verla a las doce. Además, tengo que hacer en casa.

—Bueno, bueno, pero te recuerdo que las cucarachas se reproducen rápidamente.

Justo en este momento una cucaracha se para sobre mi cabeza y doy un grito.

—¡¿Qué pasa?! —dice entre asustado y enojado— ¡Casi me dejas sordo! Pareces sirena de ambulancia.

—Una cucaracha se paró en mi cabeza —digo, conteniendo una arcada.

—Te lo dije, pero allá tú. Te los puedo mandar el sábado.

—No, también voy a estar ocupada. Yo creo que hasta el lunes.

—Bueno, entonces nos vemos en la nochecita. ¡Te quiero bien *sexy*!

—¡Ya cállate! Al rato nos vemos.

Como algo de pollo rápidamente y decido lavar los baños a conciencia. El de la recámara me lleva toda la tarde. Aprovecho para tomar un baño y al salir decido molestar a Bernardo poniéndome algo realmente sugestivo: una falda pegada y una blusa algo escotada, además de unas joyas y un peinado decente, que me obliga a alaciarme el pelo, deben ser suficientes. Me veo al espejo y me gusta. De vez en cuando conviene consentirse un poco.

## 13

Llego puntual a mi cita en el bar. Al entrar veo a Jiménez, que está en la barra, esperando, como siempre, que caiga alguna incauta. Mira frecuentemente el reloj, como si estuviera esperando a alguien. En realidad lo hace para que vean el costosísimo Cartier que lleva en la muñeca. Por desgracia muchas ingenuas caen en ese truco, rara vez sale del bar solo. Lo saludo desde lejos con una inclinación de cabeza. Él responde con timidez de la misma forma y se voltea rápidamente. Me da gusto, no quisiera que me invitara a sentarme. Busco una mesa lejos de la barra. Bernardo me manda un mensaje para decirme que está retrasado. Normalmente no me gusta esperar, pero en el bar siempre encuentro algunos viejos verdes que me suben el ánimo, aunque no se atrevan a hablarme. Esta vez un hombre me mira el escote con apetito feroz al tiempo que conversa con su amigo.

—Cuando Martha, mi mujer, estaba embarazada de mi hijo Leonardo —dice el sesentón, sin dejar de comerse con los ojos mi muy prominente escote—, yo podía sentir hasta las piernas del bebé…

—¡No inventes! —exclama incrédulo su amigo, que está mirando mis piernas, porque las crucé deliberadamente para hacerlos desvariar.

—¡De verdad! Es que Martha siempre ha tenido un cuerpo envidiable, sin un gramo de grasa —afirma el hombre mientras se relame los labios imaginando, supongo, lo que se sentiría estar enredado en mi cuerpo, metiendo su nariz entre mis enormes pechos y tocando mis prominentes nalgas.

—Sí, es muy esbelta —comenta el amigo con voz de "tu mujer parece un palo de escoba"—. Pero, ¿a poco no te echarías una canita al aire con la mujer de aquí junto? ¡Mira qué piernas tiene!

—Las piernas y lo demás. Con carne por todos lados. Mi mujer está muy bien, pero con tanta liposucción ya no agarro más que hueso. Siempre me está diciendo que la despeino, que no toque aquí o allá y desde que se volvió vegana en la casa ya no se comen más que espinacas.

—En mi casa es al contrario. Mi esposa sí tiene sus carnes, pero aguadas, flojas de tanto comer de todo y a todas horas. Cuando no me queda más remedio que hacerle el amor tengo que apagar la luz, imaginar a una mujer bien buenota para inspirarme, pero en cuanto la toco, toda guanga, me cuesta mucho trabajo seguir. En cambio ésta, se ve que todo lo tiene en su sitio…

—Si sigues oyendo charlas ajenas mejor me voy… —se escucha la sensual voz de Bernardo.

Los hombres aquellos paran su plática para verme cuando me pongo de pie. El perverso Bernardo me abraza y me dice al oído:

—Los traes locos a los dos. Te voy a levantar para que te vean en tu esplendor... —Y me carga procurando que se me levante un poco la falda.

—¡Ya! —le digo, también al oído, un poco apenada y tratando de bajarme la falda—. ¡Estás loco!

Me baja y se sienta junto a mí.

—Por eso me gusta venir contigo a tomar la copa, siempre me haces quedar bien. ¡Soy la envidia de todos!

—No te burles.

—Si no me burlo. ¡Estás bien buena!

—¡Eres un vulgar! —digo fingiendo enojo.

—La cara de envidia que pusieron esos dos. Y es que vienes deslumbrante. Hacía mucho que no te ponías falda.

—Ya vas a empezar con tus cosas, si ya me extrañaba.

—Es que hoy vienes echando tiros. Traes tontos a esos dos. Y se ve que tienen dinero...

—Son un par de casados calientes. Se la pasan hablando de sus mujeres mientras me miran las piernas...

—Y otras cosas... —afirma Bernardo asomándose travieso a mi escote.

—Ya está bien —zanjo tapándome el escote con la mascada—. ¡Me muero de sed!

—¿Por qué no pediste? De todos modos tú vas a pagar.

—Eres un descarado. Quedamos en que ibas a pagar tú.

—No, yo te ofrecí pagar hoy, pero tú dijiste que tenía que ser una cena, así que pagas tú.

—¡Majadero!

—Señorita —le dice a la mesera dándole un billete de cien pesos—, esto es para usted.

—¡Muchas gracias!

—Traiga un *cosmopolitan* para la señora y para mí un *whisky* en las rocas, por favor.

—¡Yo no quiero *cosmopolitan*! Tráigame un mojito.

La mesera toma la orden y se va coqueteándole a Bernardo.

—¿Un mojito? ¡Qué vulgaridad! Si hoy vienes vestida para pedir cocteles cursis y que ese par de mirones te paguen la cuenta. Cuando menos hubieras pedido champaña.

—Pero no me gusta, tengo sed y ese par de mirones sólo son eso. Los que parecen muy interesados son los primeros que se rajan. ¡Si lo sabré yo!

—¿En serio? No me digas que nunca te has levantado a un hombre en un bar.

—Si no soy de esas con las que sales…

—Se me hace que la que se raja es otra…

—Si yo te contara los hombres que se me han acercado y se han ido…

—Seguramente porque no te lavaste los dientes, porque por lo demás…

—No, ni te platico. Hasta han salido corriendo.

—¿Corriendo? Ya me imagino. Es que ustedes las mujeres luego luego quieren boda.

—Ni eso.

—Sería un marica…

—No. Y tiene fama de conquistador.

—No creo. Sería un muchachito.

—Un muchachito de sesenta años.

—¡Todo un niño! ¿Entonces qué le hiciste?

—Todo lo que hice fue decirle que sí.

—¡No puede ser! ¡La inviolable dijo que sí! — se burla Bernardo.

—Hay mucho de mi vida que no conoces.

—Porque tú no has querido, yo siempre estoy dispuesto a escucharte. Pero, cuéntame. ¿Cuándo fue eso?

—Hace unos seis años. En este mismo bar, con uno de los asiduos parroquianos de este antro de bebidas espirituosas.

—¿Y está por aquí? —pregunta Bernardo volteando a todos lados.

—Sí y lo conoces. Es el ingeniero Jiménez.

—¿¡Jiménez!?

Casi sin querer Bernardo voltea a ver a Jiménez. Al parecer ya pescó a la dama de la noche, aunque esta no tiene nada de víctima, parece de las que cobra. La mirada indiscreta de Bernardo lo pone sobre aviso y prefiere llevarse a la mujer a otra parte.

—Pero si tiene fama de conquistador, mira la hembra que se está llevando.

—Precisamente. Por eso me animé.

—¿No fue Jiménez el que te llevó a la compañía?

—Así es. Y me estuvo acosando durante cuatro años.

—¡Cuéntame! —Bernardo se acomoda en su silla. La mesera coloca las bebidas en la mesa y le vuelve a sonreír a Bernardo. Él no se inmuta, está esperando mi relato.

❧❧❧

—Mira, yo entré a trabajar en la compañía cuando Jiménez me llevó. El encuentro fue casual pues yo estaba en un cafecito cerca del parque Hundido, tomando un té y garabateando sobre el mantel de papel. De pronto me acordé de la fachada del Museo Nacional de Arte y comencé a dibujarla de memoria. Estaba tan concentrada que no me di cuenta de que me estaban mirando. Escuché una voz que me dijo:

—Es sorprendente lo que hace.

Salí de mi ensimismamiento y lo vi. Era Jiménez, igualito que ahora. Delgado, atractivo, con las sienes llenas de canas. Traje impecable, de marca, carísimo, pero siempre negro, corbata de seda, siempre roja. Sus zapatos estaban lustrosos y naturalmente también eran de marca. No puedo negarte que me atrajo.

—¿Esto? —pregunté apenada y tratando de taparlo—. Sólo son unos garabatos.

—Unos garabatos muy bien hechos. Permítame presentarme. Soy el ingeniero Alberto Jiménez y soy socio de una firma de ingenieros. ¿Me permite sentarme?

—Claro —contesté nerviosa y quitando el dibujo.

—Me sorprendió mucho su dibujo, además lo hizo en un instante.

—Me gusta dibujar, pero no tiene ningún mérito. Soy arquitecto.

—Arquitecta.

—No me gusta cómo suena, pero sí, arquitecta.

—Ahora lo comprendo, aunque no todos los arquitectos pueden dibujar así, mucho menos de memoria. ¿Trabaja usted en el ramo?

—Sí, hace ya varios años. Trabajo para una empresa de remodelaciones.

—Perdone que pregunte tanto… pero, ¿gana usted bien?

—No me quejo —dije ya un poco inquieta, por el interrogatorio y por Jiménez, que es bastante seductor.

—No se moleste, es que en mi compañía necesitamos gente como usted. Estamos llenos de ingenieros pero nos hace falta un experto que nos brinde el aspecto artístico. A nadie le interesa que un edificio esté bien construido si el aspecto es desastroso.

—Desde luego la presentación es importante.

—¿Dónde estudió usted?

—Hice la carrera en La Salle, una especialidad en Arquitectura Francesa en París y tengo varios diplomados sobre técnicas arquitectónicas de los siglos XVIII, XIX y XX.

—¡Admirable! Mire —dijo observando su reloj Cartier, asegurándose de que yo lo viera—, en este momento debo ir a una junta, tengo que hablar con mis socios, pero sería un honor que nos llevara su currículum, para que podamos hacerle una oferta tentadora. —Jiménez se puso de pie y me dio su tarjeta—. Por favor, sea tan gentil de llamarme esta semana.

—Le agradezco mucho —dije, al tiempo que le daba mi tarjeta.

—Arquitecta Guerrero —exclamó después de leer mi tarjeta—, quedo a sus órdenes. —Y me dio un beso en la mano.

❀❀❀

—Estuve pensando en la situación y me decidí a presentarme en la compañía. Tenía diecisiete años trabajando en la empresa de remodelación y no había ya posibilidad alguna de crecimiento. Además, sólo fungía como consejera de colores y tapices. Necesitaba algo que fuera más con mis intereses, que representara un reto constante. Yo estudié arquitectura porque era la carrera más parecida a diseño que había en la universidad católica que mi mamá aprobó para que yo siguiera mis estudios. Poco a poco me fue apasionando la carrera que además me permitía trato con los hombres, cosa que me estuvo prohibida durante muchísimos años. El trabajo que conseguí desde que salí de la universidad fue por recomendación de uno de los profesores. En su momento fue muy provechoso pues me permitió seguir estudiando y ahorrar para hacer mi especialización en Francia, además de que me respetaron el puesto mientras estuve ausente, pero para mí ya resultaba rutinario, porque las personas que nos contrataban pertenecían todas a la clase media, que se recomendaban entre ellas y nos pedían las mismas cosas. Siempre la misma pintura, siempre las mismas persianas, siempre las mismas rejas, las mismas fachadas. No había gran cosa que hacer. El resto de la historia ya la sabes: presenté mi currículum, lo aprobaron y entré a trabajar en la compañía en menos de un mes. Los siguientes cuatro años los pasé muy bien y la única incomodidad eran las frecuentes insinuaciones de Jiménez, que no dejaba de invitarme a salir y de mandarme flores.

—¿Y por qué no aceptabas?

—Porque, pese a lo que se pueda pensar, siempre he sido muy mojigata. Bertha, de quien me hice amiga el mismo día que me la asignaron como secretaria, me dijo que estaba casado y yo no creo en el sexo sin amor.

—¡Eso es del siglo pasado!

—Tal vez, pero en general es el tipo de pensamientos que guían mis actos. Sin embargo…

—Esto se pone bueno.

—Cállate o no te cuento.

—No, sigue, sigue.

❀❀❀

—Yo tuve un romance tormentoso con un muchacho llamado Antonio Suárez. Creí que era el amor de mi vida, no sé por qué, pues apenas nos conocíamos. Un día, luego de dos meses de amor a todas horas me dijo que había regresado una novia alemana de quien todavía estaba enamorado y me dejó.

—¿Y lo dejaste ir así, nada más?

—Pues sí. Cuando alguien te dice tan claramente que no te quiere nada se puede hacer. El caso es que duré sin novio unos tres años, llorando la ausencia de Antonio y quejándome de los hombres. Bertha, que siempre ha sido más liberal…

—Yo diría que demasiado. Y muy fea…

—Mejor no te cuento nada… —le digo molesta.

—Pues está bien fea, no me explico cómo es que tiene tanto pegue ¡y con unos monumentos!

—No vinimos a hablar de ella.

—Está bien, ya me callo.

—Ella siempre me decía que tenía que cambiar de actitud, que yo era la que alejaba a los hombres…

—En eso estoy de acuerdo, siempre estás a la defensiva.

—…y un día me contó que Jiménez estaba separado.

—Ahora sí viene lo bueno —dice Bernardo frotándose las manos y acomodándose en la silla.

🌀🌀🌀

—Fue en el 2006. Acabábamos de ganar el concurso para hacer el edificio inteligente de Las Lomas y estábamos muy contentos. Tú recordarás que Jiménez nos invitó a todos a venir aquí. Ese día te fuiste temprano con la secretaria de Alfredo, así que no te tocó verlo todo. Vino un trío y prácticamente nos quedamos sólo los de la compañía cantando y platicando. Jiménez estaba especialmente seductor y yo muy contenta, porque decían que mi diseño era lo que había decidido a los clientes por nosotros. Jiménez me agradecía constantemente y no dejaba de alabarme y de decirle a Bertha maravillas de mí. Serían las copas, sería mi felicidad, sería la certeza de que estaba separado de su mujer, pero me pareció más atractivo que nunca.

—Deberías hacerle caso a Jiménez —me dijo Bertha en un momento que él se paró a hablar con los compañeros.

—¿Cómo crees? Todo el mundo se va a dar cuenta.

—Todo el mundo sabe que le gustas a Jiménez y media compañía está convencida de que te metió a trabajar aquí porque eres su amante, así que, ¿qué más te da?

Pensé que tenía razón. ¿De qué me habían servido tres años de abstinencia? Sólo para estar nerviosa todo el día y criticar a personas como Bertha por ejercer su sexualidad libremente. Bertha me pidió otra copa y me decidí a llevar la aventura hasta donde fuera posible. Creo que ella lo entendió porque, en cuanto regresó Jiménez, buscó un pretexto para levantarse y nos dejó solos.

—De verdad, arquitecta, usted está cada día más guapa.

—Muchas gracias, ingeniero, es usted muy amable —dije cruzando la pierna y acercándome a él.

Picó el anzuelo pues se puso muy nervioso, pero en ese momento se acercó a nosotros Ana Gutiérrez y comenzó a coquetear con Jiménez. Yo...

—¿Ana Gutiérrez? ¿Con Jiménez? Yo pensé que Ana era del otro lado…

—Así es. Se puso a coquetear abiertamente con Jiménez y luego de una hora de insinuársele me agarró la pierna y sugirió un trío.

—¡Esta historia es mejor que cualquier película porno! ¡Síguele!

—¡No digas tonterías! Yo me alejé de inmediato, desde luego.

—¡A todo le quitas la diversión! —exclama haciéndose el decepcionado.

❀❀❀

Yo me hice a un lado tratando de no ser descortés, pero Jiménez no podía más. Como Ana vio que yo no estaba dispuesta, se disculpó y se fue a ver qué más pescaba. Entonces él se puso a la carga.

—Arquitecta, está usted tan hermosa que quisiera hacerle el amor aquí mismo, encima de la mesa.

—Sería muy incómodo —respondí para evadirlo, pero me estaba poniendo muy nerviosa.

—Es que usted es de las mujeres que ya no hay: bellísima, inteligente, divertida, enigmática…

Y siguió con toda suerte de elogios a mi belleza. Decidí que era hora de terminar con mi mojigatería. Si me gustaba tanto ese hombre y estaba separado de su esposa, ¿por qué no darme la oportunidad de una aventura y tal vez algo más? Jiménez era accionista de una compañía muy importante, era un hombre de mundo, atractivo, encantador y se había ocupado de cortejarme durante cuatro años. Era evidente que estaba interesado en mí. Si nos casábamos…

❋❋❋

—Espera, espera, espera —interrumpe Bernardo—. ¿Querías casarte con Jiménez?

—¡No! —suelto una carcajada—. Está claro que tú no comprendes cómo trabaja la mente de una mujer, pero casi todas nos hacemos este tipo de historias en un instante y algunas llegamos a pensar incluso en el número de nietos que vamos a tener.

—¿En serio? —pregunta, poniéndose pálido—. Creo que no voy a volver a salir con nadie en mi vida.

—No te preocupes, son sólo pensamientos rápidos que igual de rápido se van o se transforman.

—Está bien, está bien. Entonces, ¿te fuiste con Jiménez?

—Eran más de las cuatro de la mañana y ya casi se habían ido todos a festejar por su cuenta, como es tradición en la compañía. Jiménez estaba encantador y me miraba con tal deseo que me hizo sentir una mujer hermosa.

—Eres hermosa y lo sabes. Lo que pasa es que te gusta hacerte menos para que te lo digamos.

—Claro que no, pero eso no importa. Jiménez pidió la cuenta y me dijo que lo esperara. Pagó, le dio la propina al capitán de meseros y me robó un beso.

—¡Ése no se anda con tonterías! ¡Bien, Jiménez! ¿Y luego?

—Yo cerré los ojos y disfruté ese beso largo. Se separó de mí y me quedé extasiada, con los ojos cerrados, esperando a que siguiera ese festejo de locura. Así me quedé unos instantes hasta que me pareció que había pasado demasiado tiempo. Cuando abrí los ojos sólo alcancé a ver a Jiménez que corría hacia el estacionamiento.

—¡¿Qué?! —Bernardo suelta una risotada.

—Me dejó ahí parada y se fue corriendo.

—¡No! ¡¿En serio?! —sigue sin parar de reír.

—Sí, yo estaba desconcertada. Hasta esperé unos instantes a ver si volvía, pero nada. Luego de unos minutos subió uno de los encargados del estacionamiento y me entregó una rosa, las llaves de mi coche y me dijo: «El ingeniero le pide que lo disculpe. Ya pagó la cuenta del estacionamiento».

—¡Qué marica! ¿Por qué se fue?

—Pues hasta ahora no lo comprendo, no sé lo que hice mal. —Sonrío triste.

—¿Qué hiciste mal? Pues escoger a un idiota. ¿Cómo se atrevió a dejarte así?

—Me lo he preguntado todos estos años.

—Los hombres somos muy raros —dice Bernardo tratando de contener la risa, seguramente me vio muy afectada por el hecho—. Algunas mujeres nos intimidan. Eres demasiada mujer para él.

—Eso me lo dicen con frecuencia, pero a mí me parece que es sólo un pretexto para no decir que no les gusto.

—¡Claro! ¡No le gustas! —se burla—. Y por eso te cortejó durante cuatro años.

—Y cuando dije que sí se echó para atrás.

—¿Y qué pasó después?

—Al otro día yo estaba dispuesta a enfrentarlo, pero no se presentó en la oficina. De hecho, salió de viaje a Europa durante más de dos meses.

—Sí, me acuerdo. Nadie sabía dónde estaba. Lomelí incluso quiso reportarlo a la policía, pero después se comunicó y lo dejó por la paz.

—Cuando regresó me estuvo evitando hasta que volvió a acostumbrarse a mi presencia y estuvo seguro de que yo no iba a hacer un escándalo.

—Todos pensaron que habían terminado y como luego volvió con su mujer…

—En fin, como verás, los hago correr.

—No me lo explico. A ver, acércate.

Me acerco extrañada.

—No. La verdad no tienes tan mal aliento.

—¡Eres un tonto! ¿Cuándo vamos a hablar de mi comisión?

—Cuando quieras, pero va a ser la misma de siempre. Precisamente para eso es el porcentaje, para que no se estén quejando.

—Eres un majadero. Le voy a decir a la Chiquis que contrate a otra constructora.

—Ahora sí, cuéntame a qué me voy a enfrentar mañana.

Y le describo a Bernardo el lugar y lo que hablé con la Chiquis. Me escucha atento, anota cosas en su teléfono y su mente parece emitir sonidos de lo rápido que trabaja. Para mí, Bernardo es el mejor ingeniero que tiene la firma, lo resuelve todo y surgen pocos errores de sus planes.

—Va a ser complicado —dice al fin.

—Sí, pero a ti te gustan los retos. ¿O hiciste mal las cuentas? —añado para molestarlo.

—No. La señora Arteaga nos dio manga ancha para hacer y deshacer. Desde luego puso un límite, pero es altísimo. De todos modos, me preocupa que muera antes de que terminemos. Es una persona muy mayor.

—Pero está muy bien de salud. Además, hay cláusulas en el contrato…

—No, si no lo digo por eso —interrumpe—. Es que creo que realmente es su sueño, el proyecto de su vida y me gustaría que lo viera terminado.

—Eso no lo podemos saber —digo conmovida—. Pero por eso hay que empezar cuanto antes. Además, este proyecto te libra de irte al de Cuernavaca.

—No sé si podré zafarme de eso. Jiménez insiste en que yo lo haga.

—No te preocupes. Usaré mis influencias para que te quedes en este proyecto —digo con suficiencia fingida.

—¿Con la señora Arteaga?

—No, con Jiménez. Ese galán correlón sigue apenado conmigo y puedo aprovecharlo. Ya lo verás.

—Tal vez no tengas que utilizar tus influencias con el galán. Los accionistas están enterados de que conseguimos el proyecto gracias a ti. Además, el licenciado Falcón nos recomendó mucho esta obra.

—Ya veremos, pero mientras pienso divertirme a costa de Jiménez.

## 14

No debí quedarme hasta tan tarde con Bernardo, ahora no me quiero levantar y tengo que seguir arreglando la casa. Además, no debo olvidar pedir una junta con Jiménez. Mejor no desayuno, seguro la Chiquis me va a dar algo. Voy a tomar una hora para revisar todo lo que pueda de esta caja. Al fin ayer eché mucho insecticida, así que los bichos que encuentre estarán muertos. Espero. ¡Ay, no! Esto está carcomido por las ratas. Creo que también voy a tener que traer al exterminador. Aunque podría tratarse de mi visitante nocturno de hace tantos años. Ese ratoncito misterioso era muy pequeñito, hasta me caía bien, pero el muy cínico se escondía en mi recámara todo el día y siempre quería aparecer en la madrugada. Rascaba la puerta hasta que yo lo dejaba salir. Un día no volvió. No sé qué pasó con él, pero fue lo más parecido a una mascota que pude tener porque mi madre le tenía fobia a todo. Sigo sin explicarme cómo permitió que esto se llenara de cucarachas.

¡Ay! ¡Mis discos de acetato! ¡Y mi tocadiscos! A ver si todavía sirve. ¡Ay sí! ¡Qué bueno! ¡Mis discos de tangos! Cómo amé estos discos a pesar de que eran de mamá y todo lo que eso implicaba. Voy a ponerlos.

A mucha gente no le gusta cómo cantaba Libertad Lamarque, pero yo la adoro. Me parece que era una hermosa mujer, que se sabía una cantidad impresionante de canciones y que las interpretaba muy bien. ¡Siempre soñé ser como ella! Elegante, mujer de mundo y tener una voz tan preciosa. A ver éste: *Desconsuelo*, *Negra María*, *¡Nunca tuvo novio!* La canción que me ayudaba a deprimirme. Cuántos años me sentí identificada con ella.

*"Pobre solterona, te has quedado*
*sin ilusión, sin fe…*
*tu corazón de angustias se ha enfermado,*
*puesta de sol es hoy tu vida trunca.*
*Sigues como entonces, releyendo,*
*el novelón sentimental*
*en el que una niña aguarda en vano*
*consumida por un mal de amor.*

*En la soledad*
*de tu pieza de soltera está el dolor…*
*triste realidad*
*es el fin de tu jornada sin amor…*
*lloras y al llorar*
*van las lágrimas temblando tu emoción*
*en las hojas de tu viejo novelón;*
*te ves sin fuerza palpitar.*

*Deja de llorar*
*por el príncipe soñado que no fue*

*junto a ti a volcar*
*el rimero melodioso de su voz...*
*tras el ventanal,*
*mientras pega la llovizna en el cristal*
*con tus ojos más nublados de dolor*
*soñás un paisaje de amor".*

¡Cuántos años lloré sintiéndome fea! ¡Cuántos años sintiendo que era yo una inútil! ¡Una mujer que no servía para hacer feliz a un hombre no merecía venir a este mundo! Mi madre me decía todo el tiempo que los estudios no me servían de nada porque era incapaz de ser mujer, inepta para atraer a un hombre. Las mujeres no teníamos que saber tantas cosas porque los hacíamos sentir inferiores, porque no debíamos ser soberbias, porque debíamos dejar que los hombres nos mantuvieran y nos protegieran, como Dios quería. De tanto escucharlo me lo fui creyendo. Aún más cuando Elvia y Santiago se casaron. Quería mucho a mi amiga pero no se me olvidaba que el Sapo la prefirió a ella, a la mujer que logró cambiar a un tarambana como Santiago para hacerlo un hombre de bien; y yo me había quedado sin novio y sin un caballero andante que me defendiera. Definitivamente Elvia era mucho más mujer que yo.

Lo mejor que tenía era a David, el primo de Elvia, con quien me volví a encontrar durante la boda. Salíamos juntos, nos divertíamos, íbamos al cine, pero era incapaz de lograr que me besara, ni siquiera que me tomara la mano.

Toda la familia daba por hecho que éramos novios y frecuentemente nos preguntaban si nos íbamos a casar, a lo que David siempre contestaba cortésmente que sólo éramos amigos. Yo me moría porque me pidiera matrimonio. Soñaba que me decía que quería casarse conmigo en ese mismo instante, pero que no me lo proponía porque no tenía qué ofrecerme y quería dármelo todo, porque yo era una princesa. ¡Cuántas tonterías pensé siempre! Cuando David aclaraba que solo éramos amigos yo regresaba melancólica a la casa, a comer chocolates y a leer, como dice la canción, un *novelón sentimental*. Pero no quería presionarlo. Algo me decía que no era el hombre de mi vida, aunque lo quería mucho.

Una tarde fuimos a casa de mi tía Prudencia. Nos había invitado a tomar té y galletas sin ningún motivo en especial, solo para conversar, según me dijo. Yo no quería ir pero mi madre me insistió mucho en que fuera, para no hacerle un desaire a la tía. Lo que mi mamá quería era que no la molestara mi tía preguntándole por qué me negaba a visitarla. Cuando llegamos me sorprendió ver a mi abuela Camerina en la sala. La tía sacó su vajilla de porcelana, sirvió té de jazmín y puso unas escuálidas galletitas en un plato, luego comenzó el sermón:

—A ver, jovencito, yo quiero hablar con usted porque me parece que está haciendo perder el tiempo a mi sobrina.

Sentí que la tierra se abría. La tía y la abuela eran de esas mujeres insufribles que todo lo criticaban y se creían una especie de extensión de Dios en la tierra. No perdían oportunidad para humillar a los demás y entrometerse en lo que no les importaba.

—No la entiendo, señora —dijo David con su voz dulce y siempre correcta.

—Queremos saber sus intenciones con mi nieta, jovencito. No creo que sea tan difícil de entender —terció la abuela.

—Mis intenciones con su nieta, señora preciosa, han sido y siempre serán las mejores.

—Sí, joven, sí —dijo la abuela—. Pero ya llevan tiempo saliendo juntos y la nena no tiene tiempo que perder.

—Mamá Camerina, yo… —David me tomó el brazo para que me callara.

—Las muchachas no pueden perder tiempo —continuó—. Lo que quiero saber es si su intención es casarse con ella. Si no es así, joven, debo pedirle que la deje libre, para que ella pueda buscar a su media naranja y no se quede para vestir santos.

Una humillación así era insoportable. Ahí estaba yo, como una mercancía, como si no valiera nada, esperando que mi abuela me vendiera o me regalara con ese hombre que en la vida real no daba trazas de interesarse en mí como mujer. Lo único que me detenía era el respeto que le debía a la abuela, no por ser mi abuela, ya que era un ser despreciable, sino por su avanzada edad. Aguantando mi indignación, me puse de pie.

—Bueno, Mamá Camerina, tía. Yo nunca me imaginé que la invitación fuera para esto. Me parece que no tienen por qué meterse en nuestra relación, que es solamente de amigos.

—No te preocupes —dijo David—. No me molesta.

—Pero a mí sí —dije con gran trabajo, pues cada vez me costaba más contenerme.

—Alguien tiene que ver por tu futuro —dijo mi tía—. Y ni tu papá ni la zorra de tu madre hacen nada…

No sé cómo me contuve para no darle una bofetada.

—Con mi mamá no te metas, tía.

—Pues no sé qué opinar de una mujer que dejó ir a un hombre tan bueno como tu padre. No supo ser mujer para retenerlo…

—¡Las mujeres no valemos por el hombre que tengamos!

—Ten respeto con tu novio —gritó mi abuela.

—¡No es mi novio! Deja de enredarlo todo.

—¡Siempre fuiste una rebelde! No cabe duda que tu mamá no supo domarte ni supo valorar a tu padre.

—Mire, abuela —le dije, a sabiendas de que odiaba que le dijeran abuela—, lo que haya pasado entre mis padres es cosa de ellos, usted no tiene por qué meterse.

—Es que tu madre no supo educarte —gritó mi tía.

—Si mi mamá no supo educarme, no sé para qué me invitan a sus "tertulias", tía.

—¡No le hables así a tu tía! —gritó mi abuela, como si eso fuera suficiente para callarme.

—¡Pues que no se meta con mi madre! Cuando menos ella se casó bien casada, no se fue a revolcar con un portero de vecindad para luego hacerse la viuda santa, inventando que se había casado en secreto con un millonario que murió al día siguiente y así justificar el nacimiento de una niña ilegítima.

La tía Prudencia me abofeteó con furia.

—¡No sé de dónde sacaste esa mentira! ¡¡Eres igual de mentirosa que tu madre!!

—¿Mentira? ¿Y entonces de dónde salió de pronto el papá de Margarita para llevarla al altar el día de su boda? ¿No que estaba muerto? ¿No que era millonario?

Mi tía fingió uno de sus desmayos. No sé por qué lo hacía tan mal si los practicaba por lo menos una vez al mes con cualquier pretexto. Mientras la abuela le echaba aire con el delantal me gritaba:

—¡Eres una malagradecida! ¡Mala hija! ¡Animal demoniaco…!

Salí furiosa de la casa. David no supo qué hacer, así que salió detrás de mí. Caminé indignada hasta un teléfono público y llamé a mi papá.

—¿Papito?

—¿Qué pasó, mi nena?

Y le conté lo que había ocurrido.

—Perdóname, papá, pero no pude resistirlo. ¡Son unas metiches!

—Acuérdate que es mi madre —me dijo serio.

—Pero es una entrometida. Además, dijo cosas horribles de mi mamá y mi tía también —hubo un silencio, no podía ver su rostro pero me di cuenta de que se enojó mucho pues él adoraba a mi madre—. No me contuve y le grité lo de su desliz con el portero. —Papá no pudo contener una carcajada—. Y para colmo de males fingió otro desmayo…

—¿Y ahora sí le salió bien? —dijo papá, riéndose.

Como lo que me importaba era que mi papá no se enojara conmigo, me sentí más tranquila. David no decía nada, sólo me prestó su pañuelo para secarme las lágrimas, me abrazó y me acompañó a casa. Casi al llegar encontramos a Fer, arreglando su jardín. Nos saludó de lejos. Cuando llegué, mi madre salió gritando a la puerta.

—¡Pero cómo te atreves…! —se detuvo al ver a David—. ¡Ay, joven! Perdóneme. No lo había visto.

—No se preocupe, señora. Aquí le dejo a su nena, sana y salva —y luego me dijo, muy tierno—: Te llamo mañana, ¿sale?

Sólo asentí con la cabeza y entré a la casa. Mamá esperó unos instantes, calculando que David se fuera y comenzó el ataque.

—¿No te da vergüenza? ¿Es que siempre tengo que aguantar que todos se quejen de ti conmigo? Llamó tu abuela, hecha una furia y ¡claro! Se desquitó conmigo diciendo que no te sé educar, que eres una malagradecida, que no te sabes comportar cuando estás de visita, que yo te digo mentiras para hacerlas quedar mal y un montón de cosas que tuve que escuchar. ¿De dónde sacaste ese cuento de tu tía con el portero de una vecindad?

—Mira, mamá —respondí tratando de calmarme—. Mi abuela y mi tía me invitaron para interrogar a David y forzarlo para que se case conmigo. Además, no sé cómo las defiendes si siempre te han tratado con la punta del zapato.

—Bueno —dijo ignorando mis comentarios—, es que tienen razón, nena. Llevas mucho tiempo saliendo con ese muchacho y no da color.

—David es mi amigo, mamá. No tiene que "dar color" de nada.

—Pero, mira, nena, una mujer necesita un hombre que la proteja, que la cuide, que la mantenga…

—Para eso estoy estudiando una carrera, para no tener que depender de nadie.

—No sé quién te haya metido esas ideas en la cabeza, pero no serás una mujer completa si no te casas, si no tienes hijos…

—Prefiero no hablar de eso. Tú y yo tenemos ideas muy diferentes sobre las mujeres.

—¡Me quieres matar! —Sollozó y se encerró en su cuarto.

Deseando que ese día terminara, subí a mi cuarto. Traté de hacer la tarea pero estaba demasiado fastidiada, así que me quedé dormida. Lo del desliz de la tía Prudencia no era una mentira, me lo contó mi papá cuando mi prima Margarita quería casarse con un mecánico y mi tía se oponía. Me lo contó en secreto, haciéndome jurar que no le diría a nadie que él lo había contado, pero estoy segura que él sabía que yo le diría a mi prima. Gracias a eso Margarita pudo casarse con aquel hombre que la ama y ha hecho todo lo posible para mantenerla como una princesa.

No sé cuánto tiempo dormí, pero me despertó uno de los viejos discos de mamá que, por casualidad, puso a todo volumen. Escuché:

*"En la soledad*
*de tu pieza de soltera está el dolor…*
*triste realidad*
*es el fin de tu jornada sin amor…".*

Bajé y encontré a mi madre, tejiendo y suspirando.

—¿Qué escuchas?

—Un disco de tangos que tenía guardado.

—¡Está precioso! Nunca lo habías puesto.

—Porque no tenía motivos —contestó cortante—. Me lo trajo de Argentina hace unos años mi comadre Teresa.

Me quedé extasiada escuchando el disco completo. Lo escuché tres veces. Creo que no surtió el efecto que quería mi madre, pues se cansó y se paró para irse a dormir. Yo la detuve.

—¿No tienes más discos de estos?

—Sí, tengo muchos. Búscalos ahí.

Saqué discos de Gardel, de Libertad Lamarque, de Azucena Maizani, de Mercedes Simone… Nunca pensé que mamá tuviera tantos discos de tango. Me enamoré del género, de seguro porque describía tan claramente mis cuitas. Mujeres feas, abandonadas, ¡solteronas! Qué delicia disfrutar de compañeras de dolor, oyendo una música bellísima. Estuve hasta las tres de la mañana escuchando tangos y luego me decidí a irme a dormir. Me puse el pijama y cuando estaba por acostarme algo me hizo asomarme a la ventana. Me sorprendió ver a David platicando con Fer en la puerta de su casa, pero entonces no le di importancia.

❀❀❀

Este timbre me sacó de mis recuerdos. ¿Quién será a estas horas? ¿Vendrán a ver algo de mi madre? En realidad pocos saben que estoy aquí. Mejor pregunto primero.

—¿Quién es?

—¡Hola, madrina! Soy yo, Renata.

—¡Renata! ¡Qué gusto! —abro la puerta. ¿Qué haces aquí?

—Mi abuela me dijo que usté me necesitaba, que me viniera volada pa' trabajar con usté.

—¿Y cómo supo que te necesitaba?

—Ya sabe, madrina. Cosas de mi abuela, pero hay que hacerle caso. Nunca se equivoca.

—Pues tienes razón, porque vaya que te necesito.

¡Qué susto! Yo no soy persona que crea en la magia, pero Felicia siempre me sorprende. Felicia es aquella mujer a la que acusaban de haber ahogado en el pozo al ahijado de mis papás en el pueblo de la nana. La que decían que era amante de Juan y que había matado al niño como venganza por haberse casado con otra. Papá me contó que ella fue la que me rescató cundo me desmayé, me vio de lejos y no le importó meterse entre esa gente que la culpaba por la muerte del niño, para salvarme de morir ahogada, o aplastada entre la multitud; pero al verla, los del pueblo intentaron matarla a pedradas, cosa que papá impidió. Felicia estaba muy agradecida con papá, que la sacó del pueblo y hasta un abogado le pagó para que la defendiera de un montón de acusaciones falsas que le levantaron al no poder comprobar que ella había ahogado al bebé. Unos meses más tarde Gregoria, la esposa de Juan, fue sorprendida teniendo relaciones con otro hombre. Ella se puso a la defensiva y, acosada por los reclamos de Juan, confesó que ella misma mató a su propio hijo, porque nunca quiso de verdad a Juan y hasta le daba asco, que le hizo un "trabajo", una brujería, para que se enamorara de ella, nada más porque quería quitárselo a Felicia. Naturalmente fue a dar a la cárcel y ahí murió, no se sabe cómo.

Años después Remedios, hija de Juan y de Felicia, que terminaron casándose, llegó a trabajar con mi papá y luego a mi casa cuando me fui a vivir sola. Trabajó conmigo muchos años y me pidió que fuera madrina de su hija, cosa que hice con mucho gusto y es mi única ahijada. Suele venir a ayudarme durante las vacaciones, así se gana un dinero y le da una limpieza profunda a la casa. Yo le doy dinero para sus estudios y para sus gastos personales. Es una gran muchacha.

—Lo siento —le digo a Renata mientras entramos en la casa—, realmente tendrás mucho trabajo. ¡Mira nada más!

—Pues sí, madrina. Mi abuela me dijo. Pero ya sabe que yo soy bien trabajadora y mi abuela me mandó cosas para que hagan lo que mis manos no puedan hacer.

—Te lo agradezco muchísimo. Además, así no estaré sola en esta casa tan grande. Pero el cuarto de servicio debe estar lleno de cosas de la señora que ayudaba a mi mamá. La corrí porque no me daba confianza.

—No se preocupe, madrina. Eso es lo que mi abuela me encargó que limpiara primero.

—Bueno, entonces te dejo, porque tengo una cita de trabajo. Te voy a dar dinero y luego hablamos de cómo le vamos a hacer.

—Usté no se preocupe, madrina. Déjemelo todo a mí.

Y sin que yo le diga dónde está el cuarto de servicio ella se mete allí. Confío mucho en esa familia pero no pregunto cosas, porque temo que me asuste la respuesta.

## 15

Al llegar a casa de Fátima, Jenifer, la sirvienta, abre de inmediato y me indica que la Chiquis ha ordenado que mi auto se guarde en el garaje, luego me hace pasar al jardín. Fátima ya está ahí, conversando con sus loritos. ¡Son iguales a ella! Parece que están platicando con su mamá.

—¡Buenos días, Chiquis!

—¡Querida! ¿Cómo estás? —dice al tiempo que me da un abrazo—. Te perdiste a Ramón, hoy estuvo glorioso, trasplantó unas matas al seto de allá y fue verdaderamente portentoso. ¡Ojalá lo hubieras visto! Se arrodilló para sacarlas y, al hacerlo, los músculos de su espalda se marcaron como si fuera un dios griego. Al final el sudor caía por su espalda y por su pecho. ¡Un verdadero banquete visual!

—¡Qué lástima! Pero estuve arreglando el lío que tengo en casa. Siento que no acabaré nunca.

—Bueno, ahora relájate. Aquí está tu café.

—¿Tiene azúcar?

—Sí, un poco, lo siento.

—No, al contrario, nunca lo tomo sin azúcar.

—Menos mal. Aunque los buenos bebedores de café dicen que no hay que endulzarlo.

—¡Eso mismo dice Bernardo!

—Por cierto, el ingeniero Quiroz vendrá esta tarde, espero que nos acompañes.

—Sí, me lo dijo anoche.

—¿Anoche? —pregunta con doble intención.

—Sí. Ya te había contado que nos reunimos todos los jueves. Tomamos una copa y charlamos.

—¡Ah! —suspira decepcionada—. Yo pensé que se habían visto para algo más interesante. Con un hombre así no deberías perder el tiempo platicando.

Pasamos la mañana conversando. Me leyó el café, hizo mi carta astral, algo de numerología y determinó que nos habíamos conocido en la corte de Luis XIV. Me habló de su marido y me preguntó por David.

—¿Te sorprende que te pregunte por él?

—No. Desde ayer dejé de sorprenderme de todo lo que sabes, simplemente me da tristeza.

—Ya llegó el ingeniero —dice Jenifer, entrando.

—¡Hazlo pasar al comedor! —grazna la Chiquis—. Seguramente él no ha comido y nosotras ya tenemos hambre, ¿no es cierto?

—Pues sí. Bastante.

Pasamos al comedor: amplísimo, con muebles de caoba, una vitrina enorme llena de copas de cristal cortado, sillas tapizadas con brocado magnífico, rococó, naturalmente.

—¿Puedo pasar al tocador?

—¡Naturalmente, querida! Está tras esa puerta.

El baño es exquisitamente exagerado. Todo de mármol y, por supuesto, estilo Pompadour. Aprovecho para arreglarme un poco. Tanto *kitsch* resulta fascinante y me da una idea de lo que Fátima pretende para su *Petit Trianon.* Cuando salgo, Bernardo ya está sentado y en gran plática con la Chiquis. Al verme se pone de pie.

—Buenas tardes, ingeniero —digo muy seria, para desconcertarlo, pues él no tiene idea en qué términos estoy ya con la Chiquis.

—Buenas tardes, arquitecta. ¡Qué sorpresa encontrarla aquí! —dice dándome un beso en la mano y ofreciéndome la silla.

—No sea falso, ingeniero —exclama la Chiquis sardónicamente—. Usted ya sabía que la señorita Guerrero vendría a verme temprano.

Bernardo se ruboriza.

—Vamos, vamos. No se apene. Pero sepa usted que esta preciosura y yo somos íntimas desde ayer, así que no tiene que fingir conmigo.

—¿Entonces ya son grandes amigas?

—Claro que sí. Te lo dije anoche —luego me dirijo a la Chiquis—: —Tu *cabinet d'aisances* es sencillamente exquisito.

—¿Verdad? —pregunta orgullosa Fátima, al tiempo que voltea a ver a Bernardo levantando las cejas como muñeco de ventrílocuo.

—Me encantó, aunque no todo sigue el mismo estilo. Se parece, pero hay ciertas imprecisiones, en ciertos ángulos resulta demasiado clásico. De todos modos, adoré tu *chaise persée.* ¡Es idéntica a la de la Pompadour!

—¡No, si yo tengo un ojo! En cuanto te vi supe que eras mi salvación. Por eso ya no contraté a la empresa que lo hizo. No sabía qué, pero estaba segura de que algo había fallado.

—Son sólo algunos acabados.

—¿Se podrán corregir? —dice abriendo los ojos como un niño al que están por ofrecerle un dulce.

—Sí, desde luego, pero tengo que analizarlo para que no resulte tan caro. Tal vez se pueda aprovechar lo que hicieron.

—¡Me encanta la idea! Pero primero mi *Petit Trianon Mexicain*.

A Bernardo le brillan los ojos. La idea de que Fátima nos contrate para más detalles de su casa es una entrada de dinero segura, grande e implica magníficas comisiones. Cuando Jenifer trae la sopa, la Chiquis me dice:

—Espero que sea de tu agrado la comida, querida. Al ingeniero no le pregunto porque, siendo soltero, seguramente le gustará una buena comida casera, pero tú, que eres tan buena cocinera…

—¿Tú? ¿Cocinera? —ríe Bernardo, pensando que la Chiquis bromea.

—¿No lo sabía, ingeniero? La señorita Guerrero es una gran cocinera.

—¡Nunca me lo habría imaginado!

—Ya casi no cocino, Chiquis. La oficina me quita mucho tiempo. Además, cocinar para uno mismo no tiene mucha gracia. Es un poco triste.

—¡Pues te invito a que cocines para nosotros! ¿Qué le parece, ingeniero?

—No sé si atreverme —dice Bernardo, riendo nervioso.

—¡El próximo lunes! ¿Qué te parece, querida?

—Me encanta la idea. ¿Qué se les antoja?

—¡Mole de olla! —dice Bernardo.

—¡Perfecto! El mole de olla debe quedarte estupendo.

—Sí, aunque está mal que yo lo diga. Pero Bernardo tendrá que acompañarme a comprar las cosas, para no tener que cargarlas yo.

—Me parece justo. Así yo pongo los ingredientes, la señora Arteaga la casa y tú guisas todo.

—Es una cita. Ahora comamos lo que hay, que está también muy bueno.

Fátima nos sirve una sopa de pasta y un pollo al horno. Yo esperaba una comida rococó de esas que pretenden ser muy elegantes y tarda uno un mes en digerirlas. Voy entendiendo que a la Chiquis no se le va una, sin duda calculó que éramos gente de oficina y que preferiríamos una comida más simple. Al terminar, la Chiquis le sirve un café de *lectura* a Bernardo. Lo prepara sin azúcar, sin duda porque le dije que Bernardo lo toma negro. Luego de hacer el ritual toma la taza y pregunta con cuidado:

—¿Cómo está su hijo, ingeniero?

Extrañamente la lectura de la Chiquis está equivocada, Bernardo no tiene hijos…

—Bien —contesta Bernardo, sorprendido—, el sábado hablé con él y está muy ocupado haciendo su maestría.

—Estando tan lejos debe extrañarlo mucho —continúa la Chiquis.

—Sí, por eso nos comunicamos con mucha frecuencia.

Sentí que me echaban un balde de agua fría en la espalda. ¡Bernardo tiene un hijo!

—¿Tienes un hijo? —pregunto con seriedad.

—¿No lo sabías? —dice, aún más sorprendido que yo.

—No.

Bernardo me mira y luego voltea a ver incrédulo a la Chiquis. Creo que pensó que yo le había contado sobre su hijo. La Chiquis sonríe con suficiencia.

—He convivido poco con él. Es resultado de un amor fallido de hace muchos años. Su madre es francesa y siempre ha vivido en Europa.

—Pero es su orgullo —dice Fátima, sonriendo.

—¡Claro que sí! Lo ha logrado todo casi solo. Criado por una madre fría, con un padre que vive muy lejos. Mucho tiempo nos restringieron las visitas, pero ahora voy a verlo casi cada año. Depende de mis actividades y de las de él, claro.

—¿Y este amor secreto que veo aquí?

—No es tan secreto —murmura y luego hace una mueca triste—, pero no es correspondido…

—No es lo que dice el café…

—Bueno —dice Bernardo, poniéndose de pie, muy nervioso—, si usted me lo permite, señora Arteaga, tengo que ver el terreno donde quiere construir su palacio, para saber qué material hay que solicitar y cómo van a hacerle la propuesta. Porque usted quiere que todo sea de mármol, ¿no es cierto?

—Sí, del mismo tipo del que tiene el *Trianon,* de ser posible.

—Habrá que venir a tomar las medidas…

—Usted puede venir cuando quiera, ingeniero.

—Por desgracia no seré yo quien lleve el proyecto, señora —dice con voz seria—. Hoy me lo informaron —dice dirigiéndose a mí.

—¡Pues esto no me gusta! —exclama la Chiquis, poniéndose de pie muy molesta—. Yo llegué a su compañía porque me lo recomendaron a usted. No me interesa que nadie más haga el proyecto. ¡Me parece una absoluta falta de seriedad por parte de la empresa!

No nos imaginamos que Fátima se pudiera enojar así.

—Lo lamento, señora Arteaga, pero el precontrato que usted firmó no indica que tenga que ser yo el ingeniero encargado y el socio mayoritario me ha pedido que me encargue de otro proyecto.

—¡Pues no lo acepto! Voy a hablar con mis abogados para rescindir ese contrato. —Luego se dirige a mí—: ¿Tú puedes trabajar por tu cuenta?

—Tranquilízate, Chiquis. Yo creo que esto se puede arreglar. Tú déjamelo a mí. Hoy mismo lo soluciono y te hablo por teléfono. ¿Sí?

La Chiquis se ve furiosa. Camina hacia el fondo del comedor y toma un péndulo que tiene ahí. Lo mira fijamente, luego el péndulo comienza a moverse en círculos hacia la derecha. Fátima se tranquiliza, me mira a los ojos y me dice:

—Confío en ti, muñeca.

—Entonces vamos a ver el terreno —dice Bernardo, algo más animado—. Yo también confío en ti.

—En seguida los alcanzo.

Llamo a Bertha para que confirme la cita con el ingeniero Jiménez, luego los alcanzo en el jardín donde Bernardo alaba los cuidados de las plantas, por lo que Fátima llama a Ramón para presentárselo y yo de paso me doy un taco de ojo. A dos hombres así no se les ve juntos todos los días. Luego vemos el terreno y Bernardo da las mismas soluciones que yo había expuesto. A la Chiquis se le va pasando el coraje. Recibo la confirmación de mi cita.

—Tengo que irme, voy a hablar con el ingeniero Jiménez.

—¡Qué lástima! ¿Te veré mañana?

—No creo, Chiquis. Tengo algunas cosas que hacer y el domingo voy a llevar al ingeniero al mercado, quiero arreglar la casa lo más que pueda, pero el lunes está pendiente el molito de olla.

—Bueno, ¡ni modo! Por favor, ingeniero, acompañe a la dama hasta su coche. Pero no tarde, porque tengo muchas cosas que decirle.

—Será un placer.

Bernardo me ofrece el brazo y me acompaña hasta el automóvil.

—¿Entonces Jiménez te mandó a Cuernavaca?

—Ojalá. Me manda a un proyecto en Baja California.

—¿Y eso?

—Me parece que se lo sacó de la manga. Creo que son terrenos de él. Supongo que es el resultado de vernos juntos ayer en el bar, porque hasta convocó a una junta extraordinaria hoy en la mañana.

—Pues ya verá ese viejo verde lo que le espera si no te deja en el proyecto, porque Fátima va a preferir pagar la multa por rescindir el contrato…

—No tiene que pagar nada, apenas es un precontrato, lo cual es peor, porque Jiménez puede argumentar que no hay anticipo.

—Voy a ver qué puedo hacer, pero tengo que jugar bien mis cartas. Te llamo en la noche.

## 16

Al llegar a la oficina Bertha me detiene.

—¿Qué vas a hablar con Jiménez?

—Me urge hablar con él. La señora Arteaga quiere que Bernardo lleve su proyecto.

—¡Qué bueno que te encontré! Mejor ni le busques. Jiménez llegó muy temprano y se estuvo peleando a gritos con Lomelí y con Carrasco. No quiere que Bernardo lleve esa cuenta.

—¿Por qué?

—Nadie sabe, pero yo supongo que es por ti, porque después de la junta, al pasar frente a mí, me dijo: «No cabe duda que su jefa se conforma con cualquier cosa». Luego entró molesto a su oficina.

—Podría ser, porque ayer nos vio juntos en el bar a Bernardo y a mí. Pero ya nos ha visto otras veces.

—¿Ya ves? Mejor déjalo así. Cancela la reunión, el proyecto lo puede hacer cualquier otro.

—No, precisamente eso es lo que quiero arreglar. Si no lleva la cuenta Bernardo, la señora Arteaga cambia de compañía.

—A Jiménez no le importa. Dice Alicia que llegaron desde las siete y pidieron el desayuno en la sala de juntas. Carrasco se salió furioso como a las nueve y Jiménez se gritó con Lomelí hasta las diez. Luego Jiménez llamó a Bernardo y lo mandó a hacer una construcción fantasma a Baja California Sur. Nadie sabe de dónde se sacó ese proyecto. Yo creo que es en esos terrenos que compró y están en litigio. ¡No se puede comenzar ninguna construcción ahí!

—Eso me dijo Bernardo. Por lo que me explicas, solo quiere sacarlo de la jugada. De cualquier modo, voy a ver si puedo hacer algo.

Me dispongo a entrar, Bertha está muy nerviosa. Me detengo.

—Bertha, por favor acompáñame al baño.

Bertha se extraña, pero yo estoy decidida a todo.

—¿Qué pasa? —me pregunta al entrar.

—Ayúdame a arreglarme. Necesito que Jiménez no pueda pensar.

—Va a estar difícil, porque vienes vestida de monja, como acostumbras.

—¿A ti cómo te gustaría?

—¿A mí? Sin ropa, ya te lo he dicho —me responde pícara, guiñándome un ojo—. Primero quítate el saco… A ver… vaya, menos mal que tu blusa es medio trasparente… Ahora desabotonamos estos tres… No sé por qué no usas escote, con esos pechos deliciosos que tienes. ¡Dan ganas de morderlos!

—No te traje a que te agasajes sino a que me ayudes.

—Eso hago. Los pantalones están pegados, eso es bueno, aunque habría sido mejor una falda, con las piernas que te cargas… a ver… arréglate el maquillaje… los aretes están bien… sólo falta quitarte ese peinado de monja.

—No traje gel ni espray.

—¡Mejor! —Y sin perder el tiempo comienza a deshacerme la trenza que llevo—. ¡Exacto! Si tienes un pelo envidiable que huele a lujuria… —Lo acerca a su nariz para olfatearlo.

—¡Ya cálmate! Me estás apenando y necesito estar bien concentrada.

—¡Ya estás lista!

—¿Ya? —pregunto incrédula mirándome al espejo. Según yo, luzco como una fodonga despeinada con una blusa vulgarmente trasparente.

—No, espera —dice alcanzando mi saco—. Ponte el saco y te lo quitas cuando llegues a la oficina. Procura darle la espalda cuando lo hagas.

—¡Estás loca!

—No, mamacita, no. Yo sé perfectamente lo que necesita una mujer para volvernos locos. ¡Acaba con ese cobarde de mierda!

Bertha me da un beso en la frente, me borra el labial que me dejó marcado y me dirijo a la oficina de Jiménez.

—Ingeniero Jiménez, ¿puedo pasar?

—Por supuesto. Pase usted. ¿Qué se le ofrece, arquitecta? Por favor tome asiento —dice Jiménez cuando entro a su oficina. Me parece que trata de eludir mi mirada y prefiere ver la hora en su Cartier, cuidando muy bien que yo también lo vea.

—Quisiera hablar con usted, ingeniero —digo, dulcificando la voz.

Me siento y de pronto me acuerdo de la indicación de Bertha sobre quitarme el saco, así que me levanto de golpe, lo cual hace voltear a Jiménez. Giro para quedar de espaldas a él. Me inclino para acomodar la prenda y finalmente me siento frente a él, con la blusa trasparente abierta casi hasta donde se ve el sostén. El efecto es mucho mejor de lo que yo esperaba. Jiménez queda sin habla unos instantes.

—Dígame para qué soy bueno —dice Jiménez cambiando de tono y poniéndose en plan seductor.

—Quisiera hablarle del proyecto para la señora Arteaga.

—¿De cuál proyecto me habla, arquitecta? —titubea, camina hasta su barcito y sirviéndose una copa de coñac me dice—: ¿Gusta una copa?

—Bueno, muchas gracias —respondo sin muchas ganas de beber, pero a sabiendas de que se siente más cómodo si bebes con él—. Me refiero al proyecto de hacer un palacio rococó en el jardín de su casa, en Las Lomas.

—¡Ah, sí! Es un acuerdo muy provechoso para todos, especialmente para usted.

—Se equivoca, ingeniero. A mí no me beneficia realmente. No olvide que ya entregué mi renuncia y sólo estoy esperando mi reemplazo.

—Usted es irremplazable, arquitecta —dice sentándose en el sillón y pidiéndome con la mano que me siente junto a él. Yo ignoro la invitación y prefiero seguir la charla desde la silla giratoria. Así tengo que agacharme y le ofrezco a Jiménez un paisaje mucho más… amplio.

—Gracias, ingeniero. Pero usted sabe que tengo interés en montar otro tipo de negocios.

—Sí, lo de su cafetería, lo sé muy bien. ¿Quiere un café?

—No, muchas gracias. No bebo café después de las cinco.

—Usted sabe que no tenemos a nadie que la supla. Me haría un gran favor si se encargara de este último proyecto —dice sentándose en el escritorio y quedando más arriba que yo. Esa estrategia de los hombres de negocios para intimidar a su interlocutor no le funciona porque, para su desgracia, mi blusa está demasiado abierta y el siguiente botón está a punto de desabrocharse. Tengo deseos de cerrarlo, pero me abstengo de hacerlo.

—No creo que haga falta que me supla nadie. Hoy estuve con la señora Arteaga y estaba furiosa porque el ingeniero Quiroz no llevará el proyecto. No quiere que nadie más haga la planeación y va a dar marcha atrás en el negocio.

—Pues lo siento por ella —dice Jiménez con voz recia—. Ya se determinó que el ingeniero Quiroz se encargue de una obra monumental en Baja California. Estoy involucrado directamente y Quiroz es el único que puede hacer bien el trabajo.

—Sí, eso lo supongo y no me corresponde a mí cuestionar las decisiones de la empresa. Si se pueden dar el lujo de rechazar un contrato como el de la señora Arteaga quiere decir que el otro proyecto va a reportar mayor utilidad.

—Desde luego, así es el negocio —asevera Jiménez, terminándose su copa mirando hacia la pared para no denotar contrariedad.

—El caso es que, si no se hace el proyecto, yo ya no tengo pendientes con la compañía y me gustaría que me dieran mi liquidación el próximo lunes, de ser posible…

Siento que se me sale el corazón del pecho y mi blusa debe haber sentido lo mismo, porque se zafa el siguiente botón en el preciso momento en que Jiménez voltea a verme. El encaje de mi sostén luce en todo su esplendor y tengo la fortaleza de hacer como que no me doy cuenta. ¡Qué fortuna que este fuera el único sostén limpio que tenía! Es el más bonito y se trasparenta todo. Luego de una pausa, durante la cual Jiménez hace acopio de todo su aplomo para no mostrar excitación, se inclina sobre la mesa, quedando muy cerca de mí y dice:

—¿Tanta prisa tiene por dejarnos?

—No, desde luego que no, pero no tiene caso seguir cobrando un sueldo que no estoy devengando. Para mí sería muy cómodo hacerlo, pero no me parece ético.

—¿Y si convenciéramos a la señora Arteaga para que continuara con nosotros?

—Lo veo difícil. Es una señora ya mayor y muy aferrada a sus convicciones. No olvide usted que Quiroz es un gran vendedor. Además, aquí entre nos, creo que le gusta.

—Bueno, es posible. Las señoras mayores se conforman con cualquier cosa —Jiménez no puede disimular su tono de envidia.

—Si usted quiere —añado, sintiéndome cada vez más poderosa—, puede liquidarme en esta quincena, es decir, hasta el día de ayer y, si usted, con sus encantos, consigue que la señora Arteaga reanude su proyecto con nosotros, yo podría tomarlo como *freelance*...

—No creo que sea necesario, arquitecta. Me parece que podríamos retrasar un poco el proyecto de Baja California para que el ingeniero Quiroz haga la planeación de esta obra y la deje andando. ¿Le parece que eso lo aceptaría la señora Arteaga?

—Francamente no lo sé. Tal vez sea mejor que usted lo hable con ella.

—No, me parece que es mejor que usted lo haga, así quedará bien con ella haciéndola creer que usted resolvió el asunto. —El estómago se me revuelve, pero puedo mantener la sonrisa. Es el colmo la fatuidad de este tenorio de cuarta—. Siempre es mejor dejar que la gente crea lo que quiere creer.

—Estoy totalmente de acuerdo, ingeniero. Lo siento por Quiroz, el proyecto de Baja California sin duda sería mucho más ventajoso para su currículum.

—Tal vez, pero las empresas tienen jerarquías y prioridades, así que tendrá que esperar o cederle el proyecto a otro ingeniero competente.

—Bueno —digo poniéndome de pie intempestivamente, con lo cual logro que mi escote esté frente a su cara en todo su esplendor—. Yo no esperaba esta solución, pero puedo iniciar el proyecto y mi reemplazo no tendrá problemas para acabarlo.

—Si es que encontramos a alguien tan... competente como usted.

Me separo y le doy la mano. Él la besa coquetamente y me acompaña a la salida. Siento que las piernas me tiemblan. Cuando Jiménez cierra la puerta respiro profundamente, me abotono la blusa, me dirijo al escritorio de Bertha y le pregunto:

—¿Ya terminaste? Te invitó a cenar.

—¡Vamos! —dice tomando su bolsa y saliendo tras de mí a toda prisa.

Al pasar frente a la oficina de Lomelí escuchamos unos gritos.

—¡Estás loco, Jiménez! Esta mañana me exigiste que sacara a Quiroz del proyecto y ahora me sales con que no… Se necesita ser imbécil…

Bertha y yo corremos aguantándonos la risa. Al llegar al automóvil recibo una llamada de Bernardo.

—¿Qué diablos le hiciste a Jiménez? ¿Le ofreciste una noche de pasión y prefirió devolverme el proyecto antes de volver a besarte o qué?

—¡Eres un majadero! Voy a cenar con Bertha en el restaurante italiano nuevo que está en Reforma. Si te quieres enterar, te vemos ahí.

—Voy para allá. No olvides avisarle a la cotorra que ya se arregló todo.

—¡No te permito que hables así de la Chiquis! Todavía que te defiende. En seguida le llamo.

Bertha marca el teléfono de la Chiquis y me comunica.

—¿Chiquis…? Ya está todo arreglado. La construcción de tu *Petit Trianon* está en marcha. Nos vemos el lunes en tu casa, llego como a las once para cocinar… No. Gracias a ti… Me has hecho un gran bien al entrar en mi vida.

Cuando termino de hablar con ella me detengo en un alto. Bertha, sin previo aviso, me da un beso en la boca.

—Me alegra que no te gusten las mujeres —dice, dejándome un poco desconcertada—. Si fueras de mi bando estoy segura de que me habría enamorado irremediablemente y Ana Gutiérrez y yo ya nos hubiéramos peleado por ti.

Tan sólo unas semanas antes me habría ofendido la actitud de Bertha, pero tengo un par de días de ser una mujer nueva y ahora me siento sumamente halagada.

## 17

El restaurante es menos interesante de lo que habíamos imaginado, hay poca gente y se siente un ambiente sin encanto, pero para efecto de la plática está bien. Pedimos un oporto mientras esperamos a Bernardo.

—Yo no tengo mucha hambre, Bertha. Si quieres pide algo.

—Pues yo sí voy a pedir una ensalada porque no salí a comer. Estaba esperando que llegaras para contarte lo del lío de Jiménez. Por cierto, ponte el saco, por favor.

—¿Y eso? Pensé que te gustaba así —digo con cierto desencanto que me sorprende.

—¡Me encanta! Por eso quiero que te lo quites frente a Bernardo, exactamente como hiciste con Jiménez, para darme una idea de lo que pasó —dice al tiempo que me desabotona la blusa nuevamente—. ¡¿Viste la cara del mesero?!

—Ya, por favor, que estoy muy nerviosa. Nunca creí atreverme a tanto.

—¡Cuéntame!

—No, espera a que llegue Bernardo.

Bernardo no tarda en llegar. Viene muy contento y con dos ramos de gardenias. Él sabe que es mi flor favorita.

—Para las bellas mujeres.

—¡Qué galante, ingeniero!

—¡Qué cursi! ¡No seas falso! —digo al tiempo que me pongo de pie y me quito el saco, igual que hice con Jiménez.

Bertha suelta una carcajada, sin duda la reacción de Bernardo fue la que esperaba. Yo me siento la mujer más hermosa de la tierra.

—¿Fuiste a cambiarte para ver a Jiménez? —pregunta Bernardo, tratando de disimular su sorpresa.

—No, le pedí a Bertha que me arreglara en la oficina.

—Pues para ser tortilla haces muy buen trabajo —le dice a Bertha. Ella le da un puñetazo en el brazo.

—Precisamente por eso sé cómo arreglarla, tontito. Ustedes los hombres no saben lo que quieren, solo se dan cuenta hasta que lo ven. Yo sé cómo hacer que luzcan como a mí me gusta. ¿Qué quieres tomar?

—Un *whisky*. Y comienza a contar.

Rápidamente les refiero lo que pasó con Jiménez. Ambos lo disfrutan mucho pues no es un tipo gentil con ellos. Odia a Bernardo, por ser más joven que él, por competente, por guapo. Lo hizo socio de la compañía porque es un extraordinario ingeniero, un magnífico vendedor y para vigilar que no se vaya con la competencia. A Bertha también la detesta porque tiene novias más hermosas que las de él. Su suficiencia y desenfado lo irritan y más de una vez le ha quitado de las garras a una bella dama, ya sea para salir con ella o para salvarla de las perversiones de ese viejo sin escrúpulos.

—No cabe duda de que eres genial. ¡Mesero, traiga champaña!

—No, ya sabes que no me gusta.

—Pero a nosotros sí y esto hay que celebrarlo, así que te amuelas y te la tomas.

—A menos que quieras un café —dice Bertha para molestar.

—Ya sabes que no tomo café después de las cinco.

—No sé cómo quieres abrir una cafetería si no sabes tomar café. Creo que ni siquiera te gusta.

—Bueno, ya déjala, Bertha, hoy tenemos que consentirla. A la señorita tráigale un *mousse* de chocolate.

—¡Esa voz me agrada!

Y brindamos con champaña, que esta vez me sabe a gloria. Estamos muy contentos. Entre los tres nos comemos el *mousse* y nos quedamos ahí hasta que cierran el lugar.

—Vamos a mi casa —dice Bertha.

—No, hoy no. Mañana tengo que levantarme temprano.

—Pero si es sábado.

—Ya sé, pero tengo muchas cosas que hacer.

—Eres una aguafiestas —replica Bernardo.

—Bueno, tú te lo pierdes —suspira Bertha—. Yo pensé que ya se te había quitado lo mojigata. Te perdono porque besas muy bien.

—¡¿Qué?! ¡¿Cómo?! —dice Bernardo entusiasmado—. ¿Cuándo? ¿Dónde?

—¡Ya, no molestes! —digo apenada.

—Hace un rato, en el coche —presume Bertha.

—¿Y cómo fue? —pregunta Bernardo con morbo.

—Se lo robé. —Entorna los ojos para hacer enojar a Bernardo, como si el beso hubiese sido muy apasionado—. Muy tortilla, muy tortilla, pero yo sí me atrevo.

—¿Y no lo pueden repetir? —dice Bernardo, sin hacer caso a la provocación.

—Por mí, las veces que quiera —arremete Bertha.

—¡Va! Así tomo video y se lo vendemos a Jiménez —responde Bernardo mientras prepara su teléfono.

—Bueno. ¡Ya vámonos! —digo muerta de pena, me pongo de pie y salgo.

—Ya, no te enojes —dice Bertha—. Si quieres pido un taxi.

—No, ¿cómo crees? Yo te llevo.

—Mejor la llevo yo, así me cuenta los detalles. ¿Verdad que no tiene tan mal aliento?

—¡Qué va! ¡Es pura miel! —Y se relame los labios para molestarme.

Los dejo que se vayan juntos. Creo que necesitan hablar de "cosas de hombres" y yo quiero irme a disfrutar mi atrevimiento a mi casa, en el estudio de mi papá. Conduzco distraída, casi por instrumentos, suspirando. Es la primera vez en mi vida que me siento realmente hermosa, realmente atractiva. Sé que les gusto a muchos, pero pocas veces he sentido que soy bella y hoy lo sentí más que nunca.

❀❀❀

No tengo ganas de dormir. Mejor saco los discos de acetato y conecto el tornamesa. Voy a escuchar un disco de Emilio Muero por oír *Dímelo al oído*, luego *Se dice de mí* con Susana Rinaldi. Y así pienso recorrer los tangos de seductores, soñando.

Han sido pocos los hombres que se han atrevido a vencer mi mojigatería. De no haber sido por papá yo habría permanecido célibe desde mi encuentro con Rogaciano. Papá era un hombre excepcional y, a pesar de su educación anticuada, habló conmigo de sexo. Sólo una vez se atrevió, pero bastó para cambiar mi vida radicalmente. Bien dicen que a buen entendedor, pocas palabras. Papá ya estaba viviendo solo para entonces. Se cansó de las muchas veces que mi madre lo corrió de la casa por celos. Comenzó diciendo que papá tenía una amante, luego tuvo dos y luego le inventó tantas que a papá le hubiese sido imposible, ya no mantenerlas, sino cumplirles a todas. Papá dejó de dormir con ella cuando yo cumplí dieciséis años y se mudó a la biblioteca, pero ese cambio sólo sirvió para que mi madre lo fastidiara con más ganas y, según ella, con mayor razón.

Un día no pudo más, mi madre lo había "amancebado" con la criada de los vecinos y le dijo llorando, por última vez, la frase que le escuché pronunciar frecuentemente por más de tres años:

—Si no piensas respetar tu casa, a tus hijos y a tu legítima esposa, es mejor que te vayas y no vuelvas más.

Papá bajó a su estudio, tomó una pequeña maletita que había preparado quién sabe cuánto tiempo atrás y se dispuso a salir de la casa. Me vio parada al pie de la escalera, con mis dieciocho años, con mi cara de tristeza, sacó un papelito de su saco, me lo entregó, me dio un beso y me dijo:

—Adiós, nena. Aquí está mi nueva dirección. Ven a verme cuando quieras.

—Papito, déjeme ir con usted —le supliqué con las lágrimas saliendo sin pausa de mis ojos.

—No, nena, no. Alguien tiene que cuidar de tu madre.

—¡Pero yo no quiero hacerlo! —chillé ofendida—. ¡Es mala, es fastidiosa…!

—Pero es tu madre —me dijo papá con una sonrisa triste— y necesita de ti.

—¡Por favor, papacito! ¡No me deje sola con ella! ¡Nadie la soporta! —dije en un último intento para que me llevara con él.

—Por eso tú tienes que ayudarla. —Me dio otro beso—. No te enfades, ya verás que todo será mejor así.

Salió de la casa y yo me quedé en la escalera, esperando que regresara. No sé cuánto tiempo estuve ahí. Al entender que no volvería giré la cabeza a la parte de arriba de las escaleras y vi a mamá, con la mirada perdida. Sin duda también había estado ahí durante un buen rato. Me dio furia contra ella y me encerré en mi habitación a llorar. Ese día decidí que no volvería a hablarles de usted a mis padres, no se merecían ese nivel de respeto. Fue mi manera de rebelarme. Papá no se molestó, al contrario, creo que le gustó que nos tuteáramos, pero a mi madre le indignó y me valió varios meses de bofetadas. Cada vez que la tuteaba me volteaba una cachetada gritando: «¡A mí me respetas!». Hasta que vio que yo no iba a ceder y se dio por vencida.

Siempre odié el momento en que papá me dejó ahí, al pie de la escalera, pero aplaudí su decisión. Para mí que debió hacerlo mucho tiempo antes. Santi se enojó mucho y no le habló durante bastante tiempo, pero yo decidí visitarlo por lo menos dos veces por semana. Llegaba a su casa con pan de dulce, una concha para él y una banderilla para mí. Él hacía café y platicábamos muchas horas, sobre todo de cosas sin importancia, pero esa tarde yo estaba melancólica. Erik, un proveedor de tapices de la empresa de remodelación donde yo trabajaba, me invitaba a salir constantemente y, aunque yo soñaba con casarme con él, en el fondo sabía que él sólo quería pasarla bien. La frialdad de Erik me pesaba, pero yo no quería entregarme a él sin boda de por medio, ya me sentía suficientemente sucia por no llegar virgen al matrimonio. En mi mente se escuchaba la vocecita de mi madre hablando de lo que era una "señorita decente", de lo que una "verdadera mujer" tenía que ofrecerle a su marido, cosa que yo, por cuzca, por pecadora, por fácil, ya no podría darle a ningún hombre.

—¿Qué te pasa, nena? —pregunto papá al notar que no le ponía atención a la plática.

—Nada, papi, nada. Mi mamá, que me está volviendo loca.

—Deberías dejar de culpar a tu mamá de todo lo que te pasa.

¡Cómo me disgustaba que defendiera a mamá! Si él no era capaz de aguantarla.

—¡Ay, papi! Tú mejor no hables.

—Yo no culpo a tu mamá de nada. La amé mucho, pero no me gusta vivir sobajado, peleando todo el tiempo. El amor se fue gastando y preferí irme antes de que le perdiera el afecto y hasta el respeto.

—Pero me obligaste a quedarme ahí, con ella, aun sabiendo que a mí también me humilla, me rebaja, me hostiga…

—Eso fue hace más de diez años, nena —me interrumpió esbozando una sonrisa sardónica—. Entonces tú necesitabas a tu madre, alguien que te cuidara, que te ayudara a seguir tus estudios… y conmigo hubiera sido muy difícil hacerlo. Yo nunca había vivido solo y no te imaginas todo lo que tuve que hacer para poder vivir aceptablemente. Cuando uno vive en familia se imagina que las cosas se hacen por sí solas. Que mágicamente la ropa está limpia, planchada y guardada en el clóset, que los pisos se barren solos, que la comida aparece sobre la mesa por arte de magia. Es mucho lo que tu mamá hace y yo no me daba cuenta.

—Yo te habría ayudado —le dije, al tiempo que me paré tras de él para abrazarlo.

—Tenías que ocuparte de otras cosas. Pero ya ha pasado mucho tiempo. Tú misma has pasado por cosas que ni te hubieras imaginado. Si no soportas a tu madre, ¿qué haces ahí?

Me quedé helada. Una vez más papá tenía razón.

—Oye, papi —me atreví a preguntarle—. ¿De verdad tuviste tantas amantes?

Papá soltó una carcajada.

—No, nena. Al menos no tantas como tu mamá suponía. No soy un santo, pero tener amantes es muy complicado y, como ya te he dicho, yo amaba a tu madre.

—Pero cuando dejaste de dormir con ella…

—Entonces sí —contestó poniéndose serio—, no soy de piedra y uno tiene necesidades. La vida sexual tiene fin, hija —me dijo con una naturalidad que me sorprendió—, uno tiene que hacer las cosas a la edad que debe hacerlas, porque después se pasa el tiempo y, aunque uno quiera, pues ya no se puede… —lanzó otra carcajada.

—Entonces, ¿por qué no te divorciaste?

—Porque tu madre nunca me hubiera dado el divorcio, en primer lugar. Luego porque no me interesaba casarme con nadie.

—¿Y entonces? ¿Cómo es que…?

—¡Ay, hija! —exclamó sorprendido—. Para eso no hace falta casarse. Siempre hay amigas que están solas como uno y, en casos desesperados, pues las hay también de paga. Por fortuna no tuve que recurrir mucho a eso. En parte porque tengo buenas amigas y en parte porque me separé ya siendo bastante mayor.

—¡Qué tonta mi mamá! Si hubiera sabido que le eras fiel no te hubiese atacado tanto.

—Las cosas pasan como tienen que pasar, nena. Tu mamá insistió tanto en mi infidelidad que terminé cayendo en ella. La verdad no me arrepiento, tu mamá ya se estaba poniendo muy jamona…

Ambos nos reímos con muchas ganas. Papá me abrazó muy fuerte, luego se puso serio y preguntó:

—¿Y tú, nena? ¿Cuándo me presentas a tu novio?

—No tengo novio, pa.

—Pues los hombres son unos tontos, entonces.

—Es que no me interesa, la verdad. En el trabajo hay un muchacho que me ha invitado a salir, pero…

—¡Ahhh! —exclamó divertido—. Entonces sí hay alguien inteligente. ¿Es muy feo?

—No, bastante guapo, pero…

—¿Es un vago?

—No, tiene un negocio de tapicería…

—¿Le falta una pierna?

—No…

—¿Tiene mal aliento?

—No.

—¿Su madre es insoportable?

—Eh… supongo que no.

—¿Entonces?

—No sé, es que…

—Bueno, bueno… —dijo, percatándose de mi confusión—. Tú debes salir con quien te guste pero recuerda que hay que besar unos cuantos sapos, para ir calando cuál de ellos puede ser tu príncipe azul. De cualquier manera, no te olvides que, a falta de pareja, "amigos".

Esas últimas palabras las dijo muy claritas, mirándome a los ojos y dándome a entender todo lo que quería decirme. Creo que se percató de mi sorpresa y mi rubor, porque dejó de hablar de eso.

Terminé el café relativamente rápido. Tenía ganas de regresar a la casa para hacer cuentas y empezar a buscar un departamento. Mi esclavitud tenía que llegar a su fin. Besé a papá muy contenta y salí de su departamento edificio camino a la casa.

No supe en qué momento me desvié pero, cuando me di cuenta, estaba tocando el timbre en casa de Erik.

Erik abrió la puerta y se quedó sorprendido, aunque no tanto como yo. Estaba en camiseta. No era un hombre de cuerpo escultural, pero verlo así despertó en mí una lujuria incontenible. Me lancé sobre él y comencé a besarlo. Él no se resistió. Pasé en su departamento todo el fin de semana y lo único que lamenté fue no haberlo hecho antes. Ahora sé que Erik no era un amante experto, pero entonces cubrió todas mis expectativas. Me sentí una mujer mala, perdida, prostituta y ¡me encantó!

Ni qué decir de la reacción de mi madre cuando no llegué a casa durante dos días. Hasta le habló a papá después de doce años de no dirigirle la palabra. Afortunadamente, sólo me buscó en las delegaciones y en los hospitales. No llamó a mis amigas ni a las tías por miedo de hacer el ridículo o que se enteraran que era yo una cualquiera que no llegaba a dormir a su casa. Apenas estuve frente a ella intentó jalarme las orejas. Para mí fue muy fácil ponerme derecha, de tal forma que no me alcanzara, también logré esquivar los pellizcos. Frustrada, cansada y un poco más calmada me dijo:

—¿Dónde estuviste todo este tiempo?

—Con mi amante —le respondí retándola. Recibí una bofetada, pero por primera vez en mi vida no me hizo sentir mala.

—¡Me quieres matar! ¡No respetas tu casa! ¡Si te vas a portar como una cualquiera, mejor vete!

—*Okay*. ¡Me voy a la chingada!

Fue la primera grosería que solté en mi vida y lo que me liberó para siempre. Ni siquiera sabía si la había utilizado bien, pero surtió el efecto deseado. Mi pobre madre quedó paralizada y se fue llorando a su recámara, seguramente pensando que le serviría su drama de siempre. Sin esperar más subí a mi cuarto por algunas cosas y me largué de allí.

Como si alguien guiara mis pasos, me dirigí a un hotel que quedaba a unas cuantas cuadras. Enfrente había un departamento en renta. Copié el teléfono y luego entré en el hotel. Nunca me había registrado en uno, pero lo hice como si fuera una experta. Me instalé y me puse a hablarle a todo el mundo. Primero llamé al teléfono del departamento y quedé de visitarlo al día siguiente, luego le llamé a Santiago, quien me puso la regañada de mi vida porque, desde luego, mi madre le había hablado cuando desaparecí. Lo escuché sin protestar y acordándome de Erik. Trató de convencerme para que regresara con mamá pero no pudo hacerlo. En cuanto colgué el teléfono llamé a Erik, le conté que me había salido de la casa y ante su evidente nerviosismo, le dije que estaba planeando alquilar un departamento, cosa que lo tranquilizó, pues supongo que ya me imaginaba metida en su casa.

Finalmente le hablé a papá, quien se mostró severo conmigo:

—¿Papi? Soy yo.

—¡Muchacha de porra! ¿Dónde te metiste? ¡Tu madre está furiosa!

—Estuve con un amigo, pa.

—¿Con un amigo? —dijo con voz pícara—. ¿Y… todo bien?

—¡Muy bien! ¡Excelente! Y ya me salí de la casa.

—¡Vaya! No lo esperaba tan pronto. ¿Vas a vivir con él?

—No, prefiero alquilar un departamento. El sapo no se transformó en príncipe.

—Mejor, esas cosas hay que decidirlas con calma.

Tan sólo un mes después estaba instalada en mi nuevo departamento, totalmente vacío. Lo único que tuve en seguida fue la ayuda de Remedios, que llegó al día siguiente de mi mudanza, enviada por papá, que le dijo que yo la necesitaría más que él. El departamento quedó muy moderno, en tonos naranjas, amarillos y hasta rojos. El rosa, por lo que me he dado cuenta, se quedó en casa de mi madre.

Papá murió unos meses después, de un paro cardiaco, en la cama de la vecina. Me dio mucho gusto que no muriera solo, aunque lo siento por Rosy, su vecina y compañera de los últimos años, pues no la pasó nada bien. Aún la visito cuando puedo.

Poco seguí el consejo de papá. Únicamente besé un sapo, que era Erik, luego me enamoré de Antonio, que para mí era un príncipe, por desgracia yo no resulté una princesa de cuento para él. Desde entonces no he besado a nadie… bueno, sólo a Jiménez… y a Bertha, pero no creo que ese beso cuente.

## 18

—Madrina…

¿Quién es ésta? Claro, mi ahijada. No recordaba que estaba aquí. No sé a qué hora me quedé dormida, pero el tornamesa sigue corriendo y yo todavía estoy vestida.

—¿Qué pasó, Renata?

—Se quedó usté dormida con la ropa puesta. ¿Se siente bien?

—Sí, claro. Me venció el sueño. ¿Qué hora es?

—¡Uy, madrina! Ya pasan de las once.

—¡Válgame! Me tengo que apurar. Voy al panteón.

—¿A ver a su papá?

—Sí. Y a un amigo muy querido.

—¿Quiere desayunar?

—Sólo café y pan.

—Le había hecho unas memelas de haba.

—¡Perfecto! Me doy un regaderazo y bajo.

Hay que desayunar rápido, no quería ir tan tarde para que no hiciera tanto calor, pero ya ni modo. ¡Están buenísimas las memelas!

—Madrina, le arrejunté unas flores del jardín, pero no hay muchas, está rete descuidado. De todos modos, sí alcanzó pa' dos ramitos.

—¡Muchísimas gracias, Renata! Me ahorraste una ida a la florería.

—Pa' servirle, madrina. ¿Viene usté tarde?

—No creo. ¿Vas a salir?

—Quería irme al pueblo para que mi abuela me dé instrucciones. Esto está más difícil de lo que yo creía.

—No hay problema, no se va a poner peor el fin de semana.

—Quién sabe, madrina. Está fuerte la cosa. De todos modos ya la dejé protegida, ora a ver qué me dice mi abuela. Yo creo que regreso hasta el martes.

—Mejor, porque el lunes van a fumigar la casa, no tiene caso que estés aquí, te va a hacer daño.

—¡Qué bueno! Eso va a ayudar con la limpieza, las alimañas *train* cosas feas. Oiga, madrina, ¿no ha visto por aquí algo como de brujería?

—¿De brujería? No, ¿por qué?

—Porque no lo he encontrado. Mi abuela me dijo que había algo aquí, que una bruja negra ayudaba a su mamá. En el cuarto de la señora esa que le ayudaba nomás encontré algunas cosas, pero debe haber algo más juerte.

—Lo único que vi fue un altar que tenía mi mamá en su recámara, en el clóset.

—¡Ah, pos ese ha de ser, madrina! ¿Me da permiso de quitarlo?

—Claro, haz lo que quieras, a mí no me interesan esas tonterías. Ya me voy, Renata. Te dejo dinero para el pasaje y otro poquito para cualquier emergencia.

—No le hace, madrina, tengo ahorrado de lo que me manda.

—Pero ese dinero es para ti, para tus estudios. También te dejo esto para tu abuela, le ha de servir.

—¡Gracias, madrina! ¡Le va a caer muy bien! Entonces la veo el martes.

—Sí, hija, sí. Y muchas gracias por venir, me hacías mucha falta.

—Más de la que usté cree. ¿Me da la bendición?

Le doy la bendición con mucho fervor. Es a la única que bendigo y lo hago con gusto, a pesar de que no soy creyente. Respeto y admiro mucho a la gente que tiene una fe auténtica, como Renata.

❀❀❀

El cuidador del panteón tiene bastante bien la tumba de papá. Casi no vengo a verlo, no me gusta, no sé por qué. Prefiero verlo en sus retratos y en mi memoria. Tal vez me habría convenido incinerarlo y llevármelo a casa, pero mi madre nunca me lo hubiese permitido. ¡Vieja ridícula! De verdad pensaba que uno tiene que tener completo el esqueleto para poder resucitar el día del Juicio Final.

—¿Puedo ayudarla, señorita?

—¡Qué susto me diste! ¡¿Qué demonios haces aquí, Bernardo?!

—¡Ay, qué genio! ¡No te enojes! Fui a tu casa para que fuéramos al mercado y tu muchacha me dijo que estabas en el panteón. Afortunadamente ella sabía en qué panteón, si no ya me veo buscándote por toda la ciudad. ¡Lo que hace uno por un mole de olla!

—Lo que hace un hombre cuando no escucha bien las cosas. Al mercado íbamos a ir mañana.

—¿En serio?

—Te lo dije bien claro.

—¡Qué coraje! Con la cruda que me cargo me hubiera quedado en mi casa.

—O en casa de Bertha… —digo para molestarlo.

—No, con Bertha no hay nada qué hacer más que ver películas pornográficas. Pero luego de tres horas me aburrí.

—¿A qué hora te fuiste de ahí?

—Casi a las cinco.

—Pues ahora acompáñame. Tengo que visitar a alguien más.

—¿Otro muertito?

—Sí, mi prometido.

Bernardo se queda helado.

—¿En serio?

—Sí. El prometido del que te hablé el otro día.

—¿Con el que no te quisiste casar?

—Ese mismo.

—No entiendo.

—Vamos a verlo y te lo cuento mientras comemos algo para quitarte esa cruda.

—Bueno.

Nos acercamos a la tumba. Busco un lugar con sombra y le digo a Bernardo:

—Espérame aquí.

—¿Por qué?

—Porque tengo que hablar con David y no quiero que escuches.

—¿Hablar con el muerto? ¡Estás bien loca! —Me hace una mueca, pero al ver que el lugar que le indico tiene sombra, se resigna y se sienta.

Tal vez esté loca, pero siempre hablo con él. Me hace mucha falta su presencia. Le digo lo mucho que lo extraño, todo lo que me ha pasado en los últimos días, le doy los saludos de Elvia y le presento a Bernardo desde lejos. Estoy segura de que le habría gustado mucho. Al terminar, me encuentro con Bernardo que tiene una cara terrible.

—Ya vámonos. ¿Dónde dejaste tu coche?

—En tu casa, preferí no seguir manejando.

—Hiciste bien. No estás en condiciones. Vamos por tu medicina.

Y me dirijo al mercado de Azcapotzalco. Sólo un *vuelve a la vida* de ahí lo hará reaccionar. En cuanto prueba el primer bocado respira hondo y comienza a transpirar la cruda y el picante. Yo sólo como pescado rebozado.

—¡Ay! Esto es lo que necesitaba —dice jalando aire y luego le da un trago a su cerveza.

—Es que tomaste como un animal anoche.

—Bueno, bien valía la pena. Tu triunfo sobre Jiménez fue monumental.

—No es para tanto.

—Ahora cuéntame sobre ese novio misterioso al que dejaste en el altar…

—No lo dejé en el altar, sólo le dije que no.

—Pues cuenta.

❀❀❀

David fue un muchacho encantador, primo de mi mejor amiga. Nos hicimos novios cuando éramos niños, como jugando, noviazgo de lejos y que terminó cuando cumplí quince años, pues yo comencé a interesarme en otros chicos. Luego de que mi hermano se casara con su prima reanudamos nuestra amistad. Durante muchos años salimos juntos a todas partes: me acompañaba al cine, al teatro, a las fiestas familiares, me ayudaba con mis trabajos. Después de algunos años de salir juntos, nuestras familias comenzaron a presionar para que nos casáramos, él sólo sonreía y no decía nada. A mí me gustaba mucho pero no podía tomar la iniciativa, las señoritas decentes no hacen eso. Era administrador y por las noches tocaba el piano en un bar de la Zona Rosa. Por fin, en la Navidad de 1978, me pidió matrimonio frente a toda la familia.

❀❀❀

—¿Ahí fue cuando lo rechazaste?
—No. Dije que sí, estaba muy contenta.
—¿Entonces?
—Entonces fue cuando comencé a darme cuenta de lo que pasaba.
—¿A qué te refieres?
—Pues déjame seguir y no me interrumpas.

❀❀❀

Terminé el año como novia oficial. Pensé que la familia, empezando por mi madre, dejaría de molestarme con respecto a mi matrimonio, pero no fue así. Comenzaron a insistir en fijar la fecha, en buscar el vestido, en decidir la iglesia donde sería la ceremonia y todas esas cosas que implica una boda. David me acompañó a todas partes: a buscar iglesia, a ver departamentos, muebles, vestidos. Me sentía en un sueño, sin embargo, todavía no me había dado un solo beso. Al principio me pareció un gesto caballeroso pero luego, platicando con mis compañeras de la facultad, me di cuenta que no era normal. Muchas veces me acerqué, me le insinué, intenté vestirme seductora y él no reaccionaba. Una compañera me sugirió que lo llevara al auto-cinema y nada. Mientras las parejas de los coches de junto se desaparecían en el asiento trasero, empañando los vidrios y moviendo el coche como si fuera una lancha navegando entre grandes olas, David no quitaba los ojos de la pantalla ni respondía a las caricias que yo le hacía en la mano, pues no me atrevía a más.

Empezamos a salir mucho con Fer, quien cambiaba constantemente de novia pero siempre conseguía una cita para salir con nosotros. La pasábamos muy bien, sin embargo había algo muy raro. David invariablemente quería que saliéramos con él y había ocasiones en que me parecía que yo sobraba en esa relación. Finalmente lo entendí: David y Fer estaban enamorados. Me negaba a creerlo pero tenía que ser. La noche del martes 13 de marzo de 1979 fuimos al cine a ver *Castillos de hielo*. Fer y David se sentaron juntos y nos dejaron a mí y a la chica de turno de Fer en las orillas. Los cuatro terminamos llorando con la historia y, cuando volteé a ver a David, noté que estaba tomado de la mano de Fer. Traté de tomar su otra mano y sólo respondió por un instante, luego me soltó para comer palomitas. Salimos del cine y nos despedimos de Fer y su novia. Yo seguía llorando, más de impotencia que por la película. David me abrazaba, muy tierno, muy cariñoso y se dispuso a llevarme a casa. Cuando se estacionó le pedí que no se bajara.

—Necesito preguntarte algo. Espero que no te molestes conmigo.

—¿Qué pasa, mi muñeca preciosa? —preguntó, tomándome de la mano y viéndome a los ojos.

—¿Estás enamorado de Fernando?

David me soltó la mano, se quedó viendo al frente y callado unos instantes. Luego dijo suspirando:

—Perdidamente.

Ya sabía que esa tenía que ser la respuesta, pero sentí que me echaron un balde de agua fría. Lloré, lloré mucho, en silencio.

—Discúlpame —me dijo, llorando también—, yo no quería que esto pasara, pero Fernando es un hombre extraordinario: tan guapo, tan gentil, tan valioso...

—Lo sé. No tienes que decirlo. ¿Él lo sabe?

—No me he atrevido a decírselo.

—Yo creo que él también te quiere…

—¿En serio? —dijo poniéndose muy contento.

—Sí. —Me quité el anillo de compromiso—. Éste es tuyo.

—No, es tuyo. Lo compré para ti.

—Dáselo a Fer.

—No le quedaría, no lo podría usar y además, aunque él me acepte, nunca podremos casarnos.

Nos pusimos a llorar, abrazados. Comenzó a besarme la frente y, finalmente, me dio un beso en la boca. Ese beso que yo había esperado durante tantos años fue un beso de puro contacto, sin chispas, sin romanticismo, sin amor. Tan vacío como el que se le puede dar a una muñeca. No era lo que yo esperaba, pero ya no importaba.

—¿Te veo mañana? —me dijo.

—No, dejemos de vernos un par de semanas. Necesito pensar; además, si mi mamá te sigue viendo, no va a creer que rompimos el compromiso. Voy a decirle que no te amo… aunque no sea cierto.

—Como tú prefieras. Te acompaño a la puerta.

—No. Ella debe estar vigilando, como siempre. Por favor, no me llames esta semana. Si puedo te busco en el bar una de estas tardes.

Intenté bajar del coche, pero él me detuvo.

—Oye, ¿cómo te diste cuenta?

—Como dice mi papá: «Amor, cariño y cuidados no pueden ser disimulados».

—Lo último que deseaba en este mundo era lastimarte. Yo me habría casado contigo y te hubiera querido para siempre.

—Pero no habríamos sido felices.

—Eso es cierto.

Bajé del auto, me sequé las lágrimas y le dije:

—Suerte con Fer. Te quiero mucho, David.

—No más que yo a ti.

No quería entrar a mi casa, quería quedarme en el patio hasta que pudiera asimilarlo todo, pero David no se iría hasta que yo entrase y mamá seguro me estaba esperando detrás de la puerta.

Mamá enloqueció en cuanto le di la noticia.

—¡Me quieres matar! Por primera vez un hombre que te aguanta, así de fodonga, así de machorra, así de inútil, así de casquivana como eres y tú lo dejas ir.

—No quiero discutirlo, mamá. Déjame en paz.

—¡Y encima me contestas! ¡Dios mío! ¿Qué hice para merecer esta cruz?

Mi cerebro se desconectó, dejé de escucharla y me metí a mi recámara para llorar. No lloré mucho, la verdad. Siempre supe que David era algo más que una pareja, era de esas personas que son indispensables en tu vida…

❀❀❀

No puedo contener el llanto. Bernardo no sabe qué hacer. Toma una servilleta, me enjuga las lágrimas, me da con el puño en la barbilla y pregunta:

—¿Luego qué paso?

—Justo esa noche, alrededor de las cinco de la madrugada, sobrevino el terremoto de la Ibero.

—¡Noooo! ¿Qué hizo tu mamá?

—¡Imagínate! Yo no me desperté con el movimiento sino que un almohadazo me dio de lleno en la cara. No atinaba a entender qué pasaba entre el temblor, los almohadazos y mi madre gritando *La magnífica*. Me decía que yo había enfurecido a Dios. Cuando se enteró de que se cayó la Universidad Iberoamericana dijo que era mi culpa, por hereje, por no haber aceptado al maravilloso hombre que Dios me había destinado. Que era una universidad hermana a la mía y todo lo que pudo inventar. David me llamó al día siguiente, sabiendo lo mucho que me afectan los sismos. Cuando se enteró, mi ilusa madre pensó que nos reconciliaríamos. ¡Pobrecita!

—¿Y qué pasó con su amor fallido?

—Ningún fallido. Un mes más tarde Fer le confesó a su padre su amor por David. Su papá, que fue médico de mi familia muchos años, se encolerizó y lo corrió de la casa, así que Fer se fue a vivir con David.

—Entonces es una historia muy linda. ¿Cómo fue que murió?

Comienzo a llorar otra vez.

—Si te duele tanto mejor no me cuentes.

—Creo que no lo he platicado con nadie, prefiero contártelo. El doctor Carranza no habló muchos años con su hijo, pero un día le dio un infarto cerebral y quedó hemipléjico. Fer se mudó a su casa para poder cuidarlo. Habló con su padre, hicieron las paces y David se fue a vivir con ellos. Hicieron una muy buena amistad y el doctor Carranza se arrepintió de haber actuado como lo hizo, porque David resultó ser un yerno modelo. Se hacía cargo de él mientras Fer trabajaba, lo atendía, le tenía paciencia, le leía sus libros favoritos… Por desgracia, hacia 1986, tuvo un cuadro de apendicitis…

—Murió en el quirófano.

—¡Ojalá…! Fue ahí donde lo infectaron de sida.

# 19

Bernardo guarda silencio por un buen rato. Yo aprovecho para llorar: de rabia, de tristeza, de angustia, de nostalgia. Ya no me importa qué pueda pensar Bernardo. Es la primera vez que puedo compartir mi dolor con alguien más que no sea Fer. En cuanto me calmo continúo con el relato:

—La enfermedad no fue evidente hasta 1990 y no hubo mucho qué hacer. Tuvo sarcoma de Kaposi, un ladrillo le cayó en el pie y se le gangrenó, así que tuvieron que amputárselo, tuvo pulmonía y finalmente cáncer en el hígado, que fue lo que lo mató el 31 de agosto de 1997.

—¿Ese día también tembló?

—No, pero no hizo falta. Mi madre me culpó de su muerte. Dijo que por negarme a casarme con él se había hecho homosexual, hizo homosexual al hijo del doctor Carranza y eso causó la muerte del doctor, de David y... de Lady Di.

—¿Qué? —pregunta Bernardo, con una risa nerviosa.

—Sí. La princesa Diana murió el mismo día que David.

—Pero eso nada tiene que ver con un terremoto.

—Para la loca de mi madre sí. Siempre soñó que algún príncipe llegaría por mí, para llevarme a su palacio, igual que a Lady Diana. Así ella sería la madre de la princesa. Cuando la pasaban en las noticias me llamaba para que la observara y me fijara cómo caminaba, cómo vestía, cómo se comportaba para que pudiera imitarla. La veneraba casi tanto como a Dios y sufrió enormemente su muerte que, como ya te dije, fue culpa mía.

—Y el tal Fer, el novio de David, ¿también murió?

—¿Fer? —pregunto extrañada—. Fernando Carranza es mi vecino…, mi médico…, tu pareja en el tenis.

Bernardo se pone pálido.

—Fernando… ¿es gay?

—Bastante.

—Pues no se le nota —dice temblando nervioso.

—No tiene que notarse nada. Tú eres un mujeriego majadero y pareces un caballero. —Me río de él. Es increíble que no se hubiera dado cuenta de la homosexualidad de Fernando.

—¿Fernando operó a David?

—No, afortunadamente no fue él, porque la culpa no lo dejaría vivir. Estaba en una convención en Acapulco cuando a David se le declaró la apendicitis.

—Pero no habría sido su culpa. Entonces las transfusiones de sangre no estaban reguladas.

—No, pero de todos modos.

—¿Y él… tiene sida? —pregunta morboso.

—No, por fortuna no. No sabemos cómo fue que se libró de eso, pero hay muchos casos así.

—Vaya historia la que me acabas de contar.

—Pues sí. Oye, cambiando de tema a algo más alegre. ¿Qué te parece si compramos de una vez las cosas para el mole de olla?

—No, mejor no —dice sobándose las sienes.

—¡Ándale! Así no venimos mañana. Ya estamos aquí.

—¡Bueno! Está bien, nada más no grites.

Paga la cuenta de la comida y emprendemos nuestro camino por los pasillos del mercado.

—A ver, Bernardito, tengo que llevar muchas cosas, así que tú ve por la carne mientras…

—Oye —me interrumpe—, si quieres voy por la carne, pero nunca hago las compras, menos en el mercado. No tengo ni idea de qué pedir ni cómo pedirlo. Si te quieres arriesgar…

—Se me olvida que no sirves para nada. —Me río con algo de pena pues es verdad que él nunca compra sus víveres—. Ven conmigo, a ver si aprendes algo.

Recorremos el mercado para comprar los ingredientes que tengo que ir recordando sobre la marcha pues no me dio tiempo de hacer la lista: chamberete con hueso, calabazas, zanahorias, jitomates, cebollas, ajos, tomates, epazote… Bernardo se comporta como un niño en una juguetería. Va descubriéndolo todo y todo se le antoja.

—También hay que comprar piloncillo.

—¿Piloncillo? ¿A poco lleva?

—¡No te voy a contar mis secretos culinarios!

—¿Ya ves cómo eres? —replica, haciendo puchero.

—Tú no dejas que me meta en tus estructuras, yo no te dejo que te metas en mis guisos.

Compramos el piloncillo, los chiles, las especias y como a Bernardo se le antoja todo lo que ve en ese puesto, lo dejo comprar nueces, almendras, avellanas, nuez de la india, ajonjolí y pastas de todos tipos de mole.

—¿Y quién esperas que te guise todos esos moles si eres un inútil?

—Pues mi muchacha entre semana y tú los domingos.

—¡Mira qué gracia!

—Y eso si eres tan buen cocinera como presumes, porque mártir no soy.

—¿No me digas?

—Claro que sí. Te diría que me enseñaras, pero no quieres compartir tus secretos…

Quiero fingir enojo, pero me gana la risa. Bernardo es un ser excepcional, aun teniendo resaca. Al pasar frente al puesto de dulces me compra merengues, glorias y palanquetas.

—Para acompañar el café que me vas a invitar en tu casa.

Llegamos a mi casa. Bernardo me da la bolsita con los dulces y no permite que le ayude con nada más. Me adelanto para abrir la puerta. Bernardo viene cargando todas las bolsas a la vez.

—Mira bien por dónde pisas —le grito—, la duela está toda podrida.

—¿Qué?

Oigo que algo se quiebra y acto seguido el ruido de Bernardo cayendo con toda la carga. Los jitomates, tomates, calabazas, cebollas y ajos ruedan por todas partes. Grito al ver una horda de cucarachas que salen asustadas para esconderse nuevamente en aquel laberinto apolillado. Respiro fuerte para contener el asco.

—¿Te lastimaste? —le pregunto al tiempo que comienzo a guardar las cosas a toda prisa para evitar que se les suban las cucarachas.

—No —dice sobándose la rodilla—. Pero… ¡¿cómo es posible que estés viviendo en esta inmundicia?!

—Ya te lo había dicho…

—Pero creí que exagerabas. Los fumigadores van a tener que echar una bomba atómica.

—Y eso que no la viste el lunes pasado. Lo bueno es que ya tengo quien me ayude.

—Y luego yo soy el inútil.

—Ya no te enojes —le digo despeinándolo—. ¿Te lastimaste mucho?

—No, no mucho —pero sigue sobándose la rodilla.

—Ven —le digo llevándolo al estudio de papá—. Este es el mejor lugar de la casa. Ahorita te traigo tu café. Pero me vas a perdonar, porque sólo tengo soluble.

—¿En serio? —pregunta y se mete la mano al bolsillo. De ahí saca un paquetito que huele a gloria—.

Como ya suponía que no ibas a tener, te traje un poquito de café orgánico. Pero mejor lo preparo yo, tú eres capaz de hervirlo.

—¿Qué tiene? —sospecho que me va a volver a regañar.

—¿Cómo que qué tiene? ¿Por qué quieres abrir una cafetería si no tienes idea de lo que es un buen café? ¿De dónde sacaste esa idea?

No contesto, más bien me pongo a pensar. ¿De dónde habré sacado la idea de la cafetería? Mi madre no lo bebía porque una tía suya decía que era afrodisíaco, despertaba bajas pasiones y era una invitación para el diablo… papá lo bebía hervido y yo casi no lo tomo.

—¿Eso qué es? —pregunta Bernardo, señalándome una jarrita muy mona que tengo en la cocina.

—¿Eso? ¿Verdad que está preciosa? La compré en París, creo que es una tetera pero nunca la he usado.

—¡Qué barbaridad! Pues la vamos a estrenar hoy. ¿Dónde puedo hervir agua?

Saco un pocillo y lo lleno de agua de garrafón. No tengo la más mínima confianza en el agua de la casa. Bernardo la pone a hervir, toma mi jarrita con todo cuidado. La lava, la seca y luego le pone café.

—Esto, mi estimada arquitecta, se llama prensa francesa. Sirve para hacer café —Bernardo vacía el agua caliente en mi jarrita. Yo estoy fascinada.

—Todos los días se aprende algo.

Saco unas tazas preciosas de porcelana china que mamá guardaba celosamente. También la azucarera, los platitos y unas cucharitas de plata. Las pongo en la bandeja junto con la jarrita y las palanquetas, y me encamino al estudio de papá.

—¿Por qué quieres poner una cafetería? —me dice Bernardo, quitándome la charola.

—Es mi sueño, ya te lo he dicho.

—No te creo.

—Lo que pasa es que no quieres que renuncie a la empresa.

—Eso es aparte, además no es un secreto que no quiero que te vayas.

—Ahora vengo.

Voy por mi botiquín, Bernardo sigue cojeando y seguramente tiene raspadas las rodillas. Al menos mertiolate y banditas debo tener. Sí, aquí están. Es mejor este desinfectante, no mancha la ropa.

Bernardo ya sirvió el café y me pasa una taza. Le pongo cuatro cucharaditas de azúcar. Le habría puesto cinco pero Bernardo me ve con horror.

—Ni siquiera te gusta el café. Ningún amante del café le echa azúcar, y menos en la cantidad que tú le pones.

—¿Por qué no quieres que me vaya?

—No se trata de eso, es que me parece que estás cometiendo un error con lo de tu cafetería. Las cosas nos deben apasionar…

—Pero, ¿por qué no quieres que me vaya?

—No cambies el tema. Deberías pensarlo bien.

—Está bien. Mientras me regañas déjame ver tu rodilla.

Me molesta que me regañe Bernardo, también me fastidia que no me conteste, así que le echo dos cucharaditas más de azúcar al café mientras él se arremanga el pantalón. Esbozo una sonrisa, tiene piernas muy peludas y flacas, aunque marcadas por el ejercicio. Efectivamente, ambas rodillas tienen unos raspones espantosos. Me hinco para curarlo.

—¿De qué te ríes?

—Pareces oso.

—¡Ay! ¡Eso arde!

—¡Aguántese como los machos! —Y así lo hace.

—¿Y esos vejestorios? —pregunta al ver el tornamesa y los discos de acetato.

—Son míos.

—¡Ese disco lo tenía mi abuelita! —Se levanta, lo saca y lo pone. Es Libertad Lamarque, cantando *Besos brujos*. Luego de oírla unos instantes dice—: Ésa eres tú.

—Si quieres ofenderme no lo vas a lograr. Me encanta Libertad Lamarque, siempre quise ser como ella.

—No, no ella, sino la que describe en la canción. Así te me figuras, llena de fuego, de ardor, de ternura, pero con un miedo enorme de dejarte llevar.

> *"¡Déjame, no quiero que me beses!*
> *Por tu culpa estoy sufriendo*
> *la tortura de mis penas...*
> *¡Déjame, no quiero que me toques!*
> *Me lastiman esas manos,*
> *me lastiman y me queman*
> *No prolongues más mi desventura,*
> *si eres hombre bueno así lo harás.*
> *Deja que prosiga mi camino,*

*se lo pido a tu conciencia,*
*no te puedo amar.*

*Besos brujos, besos brujos…".*

—Pues no le encuentro el parecido conmigo.

—Tienes razón. Tú ni siquiera dejas que te besen.

Bernardo se acerca a mí. Nuestras bocas casi se tocan. Un sapo para besar… No, no lo creo, Bernardo ya es un príncipe que no necesita que lo salven.

—Fíjate bien en la letra. En la música. Esa mujer está desesperada, quiere amar y no se lo permite.

*"¡Déjame, no quiero que me beses!*
*Yo no quiero que me toques,*
*lo que quiero es libertarme…*
*Nuevas esperanzas en tu vida*
*te traerán el dulce olvido,*
*pues tienes que olvidarme.*

*Deja que prosiga mi camino,*
*que es la salvación para los dos…*
*¿Qué ha de ser tu vida al lado mío?*
*¡El infierno y el vacío!*
*Tu amor sin mi amor.*

*Besos brujos*
*que son una cadena*
*de desdicha y de dolor.*
*Besos brujos…*
*yo no quiero que mi boca maldecida*

*traiga más desesperanzas*
*en mi alma... en mi vida...*

*Besos brujos...*
*¡Ah, si pudiera arrancarme*
*de los labios esta maldición!"*.

—Yo no tengo miedo de besar —digo temblorosa, sin poder apartar la mirada de la de Bernardo.

—Eso me da mucho gusto.

Y me besa. El beso dura un instante infinito. No sé qué decir. Él tampoco. Vuelve a besarme, lo dejo hacer, no quiero que se detenga. Seguimos hasta que el disco de acetato termina y nos implora con el *scratch* que lo quitemos del tornamesa. Nos miramos un momento. Bernardo quita el disco y luego termina su café de un sorbo.

—Tengo que irme.

—¿Vas a correr como Jiménez? —le digo para provocarlo.

—No, yo no soy tan idiota. —Vuelve a besarme—, pero mi hijo va a llamarme hoy en la noche.

—Entonces te acompaño al coche —digo, sin poder controlar el temblor de mi voz—. Recuerda que la duela está podrida.

—Es cierto —retoma su hablar de hombre de mundo y yo pudo calmarme un poco—. Voy a traer gente de la compañía para que la arregle, así que ve pensando qué piso quieres poner. Creo que tienes que remodelar todo.

—Sí, todo. Las ventanas y las puertas están carcomidas. Me parece que la estructura está bien, pero me ayudarías mucho si me das tu opinión profesional.

—Vengo el martes o el miércoles a hacer las revisiones pertinentes. La casa es muy bonita.

—Ojalá la hubieras visto en sus mejores años.

—Pues así va a quedar, tú eres la mejor arquitecta.

Lo acompaño a la salida. Abre la puerta y antes de salir me dice:

—No quiero que te vayas de la compañía porque me haces mucha falta.

Vuelve a juntar sus labios con los míos. Sólo un picorete. Al separarnos nos damos cuenta de que Fer está regando su jardín.

—¡Hola, Bernardo! ¿Cómo estás, pequeña? —dice acercándose a nosotros y fingiendo que no nos había visto antes.

—Bien, gracias. Fui a ver a David. Bernardo me acompañó.

Fer se entristece.

—Me habría gustado acompañarte, pero los sábados tengo muchas consultas.

—Sí, ya sé, por eso no te dije, pero mañana no podría ir. Si quieres te acompaño la semana que viene.

—*Okay*, me parece muy bien. ¿Tú qué cuentas, Bernardo? —Le da unas palmadas en la espalda, inconscientemente Bernardo se aleja—. No tienes muy buena cara.

—No, ayer estuve de parranda y bebí más de la cuenta, pero tu vecina me llevó por mi medicina al mercado de Azcapotzalco.

—Menos mal. ¿Nos vemos el miércoles, como siempre?

Bernardo duda un momento.

—Claro, pero espero que esta vez no dejes que nos ganen como la semana pasada.

—Pierde cuidado.

—Nos vemos el miércoles. Hasta el lunes, arquitecta. —Me besa la mano.

—Adiós, payaso.

Bernardo sube como zombi a su auto.

—¿Se van a ver el lunes? —pregunta Fer, con doble intención, dándome unos codazos en las costillas.

—Sí, pero no es por lo que tú supones, quedé de cocinar y vamos a comer en casa de una cliente.

—¿Y el beso fue de pilón, o qué?

—No seas tonto, sólo fue un beso resultado del momento. Le platiqué la historia de David.

—¡Qué lástima! Es un verdadero muñeco.

—Sí, pero sólo somos amigos.

—Pues apúrate, hermanita, porque contigo o conmigo, pero este muñeco tiene que quedarse en la familia.

Me despido de Fer y vuelvo a la casa. ¡Qué gusto da entrar en una casa sin polvo! No sé cómo hace Renata para limpiar tan rápido, yo me habría tardado meses. Claro que todavía le falta, pero algo es algo y hay que empezar en algún momento. Lo mejor es que no veo cadáveres de cucarachas, aunque la caída de Bernardo me comprobó que aún hay mucho qué hacer. Es como si le hubiera hecho un exorcismo a la casa. ¿Por qué me habrá besado Bernardo? Me parece que se siente solo… la verdad que lo hace muy bien, fue muy tierno. No me lo esperaba así. ¿Y esto? Una nota:

*"Madrina: quise lavar las cortinas pero se deshicieron en cuanto las bajé, así que mejor las voy a dejar así hasta que usted me diga qué hacer con ellas. Regreso el martes".*

No me gusta estar sin cortinas, por fortuna sólo quitó las que dan al jardín de atrás, así no me sentiré observada. Voy a la biblioteca de papá porque tengo que hacer memoria de la receta del mole de olla. A mamá le quedaba bueno, a la abuela Camerina ni se diga, pero quien me enseñó a hacerlo fue la hermana Isabel, lo hicimos en un cumpleaños de la madre Graciela. Espero acordarme bien porque tiene que quedarme estupendo, no pienso soportar las bromas de Bernardo si algo sale mal. Además, se merece un buen mole de olla, hoy se portó muy bien, muy galante, encantador…

Ahora, con esto de las cortinas, creo que voy a echar a la lavadora todos los manteles y carpetas que encontré en la caja, a ver si resisten, no tiene caso que los repare si se van a deshacer en la primera lavada. Mientras tanto ¡a escuchar más tangos! Este disco de Anibal Troilo será el de hoy… ¡Parezco loca! Me pregunto si todo el mundo platica consigo mismo.

## 20

El teléfono siempre inoportuno.

—¿Bueno…?

—¿La arquitecta Guerrero?

—Para servirle.

—Usted no me conoce. Hablo para darle una mala noticia, falleció el doctor Ahumada.

—¡No me diga! No sabe cómo lo siento. ¿Van a hacer algún servicio?

—No, en realidad murió hace más de un mes, pero me encontré su teléfono entre sus cosas. Lo tenía remarcado con pluma y me pareció que debía avisarle, yo era su esposa.

Un frío terrible me recorre la espalda.

—Lamento mucho su pérdida, señora.

—¿Usted no lo sabía?

—No. Créame que lo siento, pero al doctor sólo lo vi una vez. —Y es verdad.

—Entonces —su voz cambia súbitamente a un agresivo reproche—, ¿me quiere explicar por qué la tenía anotada entre corazones y poemas en su libreta?

—No tengo la menor idea, señora. A veces me llamaba para saludarme, pero le aseguro que no había más.

La mujer rompe a llorar.

—Quisiera creerle, pero las cosas que le escribió...

—Señora, lamento mucho que esté pasando por este momento pero le doy mi palabra que yo no tuve nada que ver con su marido. Ojalá pudiera probárselo.

—No hace falta, señora, ya no importa. ¿Puedo preguntarle un par de cosas?

—Si la puedo ayudar. —Me gustaría colgarle, pero la escucho tan angustiada que voy a soportarla un poco más.

—¿Cuántos años tiene usted?

—Cincuenta y cuatro.

La mujer vuelve a sollozar.

—Es muy joven. ¿Y hace cuánto que conoce a mi marido?

—Lo conocí hace unos diez años. La verdad no lo recuerdo bien. Fue un día que di una conferencia en la Sociedad Geográfica sobre arquitectura francesa. Nunca más lo vi, sólo hablé con él por teléfono un par de ocasiones después.

—¿Eso es cierto?

—Se lo aseguro.

—Yo tengo la culpa... nunca fui esposa, ni amante, ni nada... Tenía que buscar en otro lado.

—Pues aquí no lo encontró. No tuvimos nada que ver.

—Le creo… conocí a todas sus amantes, pero parece que sólo a usted la quiso. Debe ser porque nunca la tuvo.

—Señora, esta plática me está incomodando mucho. ¿Puedo hacer algo por usted?

—Pues, tal vez. Verá, Xavier dejó muchos libros en muchos idiomas, no sabría qué hacer con ellos. ¿Le interesa tenerlos?

—Me gustan mucho los libros, pero no me corresponde tenerlos. Tal vez sean útiles en una biblioteca pública… o quizás los quieran sus hermanos masones.

—¿Sabía que era masón?

—Sí, la conferencia que di fue exclusiva para la logia.

—¿Usted pertenece a la logia?

—No, pero me invitan frecuentemente a dar pláticas. Soy especialista en arquitectura francesa.

—Mire, si no los quiere usted los voy a quemar. Las cosas de los masones son de Satanás y no quiero que ellos las tengan.

Siento un retortijón de estómago. Me parece estar escuchando a mi madre. La idea de ver arder tantos libros me da escalofríos.

—Si prefiere que yo los lleve a alguna biblioteca, lo haré con todo gusto.

—¿Me haría ese favor?

—Claro, ¿puede darme su dirección para pasar a recogerlos?

—No. No se ofenda pero… no quiero conocerla. Prefiero imaginarla como la dama que es. Además, son muchos. Un sobrino tiene un camioncito y puede llevárselos esta misma tarde, si usted me lo permite.

—Pues… perdone pero…

—Le aseguro que no me enteraré de la dirección y mi sobrino es discreto. Se lo paso.

—Pero…

—Bueno… —se escucha la voz de un jovencito tímido.

—¿Sí?

—Que dice… mi… tía que si me puede dar su dirección para llevarle unos libros.

No sé qué impulso me hace dársela. La llamada es de lo más extraña y sin embargo no siento desconfianza. A cada momento me da más ilusión tener los libros de Xavier y ver cuántas maravillas hay en ellos. Pero no lo voy a esperar sola. Voy por Fer. Sí, sigue en su jardín.

—Fer…

—¿Qué pasó, pequeña?

Y le cuento la extraña historia.

—¿Y quién es ese doctor Ahumada?

—Ya te he contado de él. Era un viejito que me abordó después de una conferencia que di para los masones. ¿No te acuerdas?

—Pero eso tiene muchos años.

—Yo creo que más de diez.

—¡Qué loco! Pero eres una inconsciente, ¿cómo se te ocurre dar tu dirección a unos desconocidos?

—No sé, me dio buena espina. Además, me da terror pensar en tantos libros quemados en la hoguera por culpa de una viejita mocha.

—Eso sí.

—¿Me acompañas?

—¡Ay, chaparrita! Las cosas que me haces hacer. Pero si me gusta algún libro me lo regalas.

—¡Claro! Supongo que habrá muchos de medicina. La señora me dijo que estaban en distintos idiomas. Te invito un café.

—No, gracias. Tu café es inmundo.

—Éste no, lo trajo Bernardo y me enseñó a prepararlo, además trajo palanquetas.

—¡Entonces sí!

Hago más café, aunque no me queda como a Bernardo. Pongo unas palanquetas en la charola y nos disponemos al chisme.

—La casa se ve peor que cuando murió tu mamá.

—Estuvo abandonada varios meses.

—Eso sí. Ahora recuérdame, ¿cómo conociste al tal doctorcito?

—Pues fue en la Sociedad Geográfica, durante esa serie de conferencias que di. Cuando terminé la última el señor me estaba esperando afuera del edificio. Me saludó y me invitó un inocente jugo de naranja.

—Qué raro. ¿Por qué aceptaste?

—Porque, ingenuamente, pensé que un señor tan viejito no podía tener malas intenciones. Le calculaba casi ochenta años.

—Pero todavía tienen su corazoncito.

—Pues sí. El caso es que me cayó bien. Me invitó un jugo de naranja en una placita que hay detrás de la catedral y ahí me platicó toda su vida: que nació en Tampico, que estudió medicina y que todavía alcanzó a tomar clases en el Antiguo Colegio de Medicina. ¡Imagínate lo viejito que era! Que se casó con una paisana pero que el papá de ella, que cuando yo lo conocí aún vivía, estaba imposibilitado para valerse por sí mismo y vivía con ellos desde que se casaron, que no habían tenido hijos, que la mujer se había dedicado a cuidar a su papá. El doctor también me dijo que era masón grado 33 y que era un hombre solitario que "todavía podía".

—¡No es cierto! ¿Te dijo eso?

—Sí. Fue ahí donde me percaté que no era tan inocente como yo creía.

—¿Qué hiciste?

—Pues me hice la tonta. Terminamos el jugo y me pidió mi teléfono. Yo se lo di, por no dejar.

—¿Era guapo?

—Era atractivo, un hombre interesante, nada más.

—¿Y cuándo lo volviste a ver? ¿Se le hizo al viejito?

—Nunca más nos vimos.

—¿Y entonces?

—No sé. Me llamaba en mi cumpleaños hasta hace unos dos o tres años que ya no recibí felicitación. Suponía que había muerto. ¡Ah! También me llamó un sábado en la tarde. Estaba borracho y supongo que con sus amigos porque se escuchaba ruido de platos y copas. Me dijo que era un hombre muy fogoso y que me necesitaba. Que soñaba con verme en un camisón blanco, con el pelo recogido con una peineta de flores y un montón de fantasías. Sólo lo escuché, platicamos un rato y colgué.

—¿Cómo te enteraste de tantas cosas de él?

—En aquella plática que tuvimos tomando jugo de naranja.

—¿Cuántas horas duró?

—Sólo dos. Ahora que lo dices, es curioso lo mucho que podemos saber de una persona a la que apenas hemos visto y de personas que conocemos de años no tenemos ni idea. ¿Sabías que Bernardo tiene un hijo?

—Claro, vive en Francia. Habla con él todos los sábados por la noche.

—Yo no tenía idea.

—¡No lo puedo creer! ¿Se reúnen a platicar todos los jueves desde hace años y no lo sabías?

—Exactamente. A eso me refiero.

—Entonces, ¿de qué hablan?

—De música, de libros, de viajes. —Fer me mira con reproche—. Él tampoco sabía que eres gay.

—¡No es cierto! —Fer suelta una carcajada—. Eso es estar ciego. Ahora no me vayan a salir con que no se han dado cuenta de que están enamorados…

En este instante suena el timbre. ¡Me salvó la campana! ¿Enamorados? ¿Bernardo y yo? Fer está loco. Hay atracción, es cierto, pero…

Es el sobrino del doctor con un camión de mudanzas, ¡lleno de cajas con libros! Treinta cajas, por lo menos.

—Llegó usted muy rápido.

—Es que mi… tía se quería deshacer de esos libros hace mucho, desde que el… tío cayó en coma, pero no quería dárselos a cualquiera. Hasta hoy que se atrevió a llamarle a usted, pero el camión ya estaba cargado desde la semana pasada.

—¿Duró mucho tiempo enfermo?

—Como cuatro años, era un hombre muy fuerte. ¿Dónde pongo los libros?

—No sé. No pensé que fueran tantos.

—¡Uy, señorita, eran más!, pero alguien se llevó varias cajas la semana pasada. No le quise decir a… mi tía para no mortificarla. Fue muy extraño, nada más se llevaron eso.

—Es bien sabido que los masones no dejan que los libros secretos caigan en manos profanas —dice Fer, extendiéndole la mano al muchacho—. Doctor Fernando Carranza, para servirte.

—Mucho gusto. Esteban Gómez. Tal vez tenga usted razón.

Sus miradas se cruzan y no se sueltan la mano durante unos instantes. ¡Este Fer no tiene remedio! Mejor los interrumpo.

—Bueno, creo que, por lo pronto, los vamos a poner en la sala, total, peor no se va a ver. Sólo tengan cuidado porque el piso está podrido y se pueden caer.

Entre Fer y el sobrino meten las cajas. Yo no puedo creer tanta felicidad. ¡Estoy contenta de haber aceptado los libros! Abro todas las cajas y encuentro libros en inglés, en francés, ¡hasta en hebreo! De todos los temas imaginables. Ya me pasaré un buen rato clasificándolos.

—Mi… tía me dijo que le diera esto, que es para usted. —Me extiende una libretita vieja, que supongo es la agenda de la que me habló la viuda.

—No creo que deba…

—Eso me dijo mi tía, por favor, acéptela.

—Muchas gracias.

—Muchas gracias —repite Fer, extendiéndole un billete al sobrino—. Has sido muy amable.

—De ninguna manera, señor, para mí ha sido un placer.

—Pues ya sabes que, si algo se te ofrece, yo vivo en la casa de al lado.

Fer guarda el billete y le da su tarjeta. Las miradas son elocuentes.

—Muchas gracias. Que pasen muy buena tarde.

El muchacho se va rápidamente, pero fijándose en la casa de Fer.

—¡Eres un descarado!

—¡Oh, pues está guapetón! Además, es del clan.

—Puede ser, pero es casi un niño.

—Ya es mayor de edad, además eso de que es el sobrino de la mujer esa que se los crea a ver quién. Yo creo que es su… consuelo de viuda. La debe acompañar en sus horas de dolor a cambio de algún dinero.

—Bueno… también hay que comer. Ven, vamos a ver los libros, mientras te cuento todo lo que ha pasado esta semana.

—No, mejor vamos a ver la agenda.

Y entramos a la casa. Tenemos ante nosotros un festín literario que podría durar varias décadas. Revisamos la agenda. No tiene gran cosa, sólo algunos corazones dibujados alrededor de mi nombre, algunas letras griegas, otros símbolos y un montón de poemas tomados de Baudelaire, Nervo, Rubén Darío y creo que de Shakespeare. No hay nada especial, sólo la ilusión, tal vez la última, de un hombre anciano. Me da lástima, por él y por su esposa. De todos modos, pienso analizar los símbolos más tarde.

Nos ponemos a revisar los libros y apartamos nuestros favoritos, le cuento a Fer todo lo ocurrido durante la semana. Encuentro un tratado de métodos de adivinación.

—Este va a ser para la Chiquis. Le va a gustar mucho.

—Yo creo que ya me voy —dice Fer poniéndose de pie y cargando una docena de libros con gran dificultad—. Ya pasan de las dos.

—¿En serio? Con razón ya tengo sueño. ¿No te quieres quedar?

—No, gracias, así no te despierto temprano mañana para ir a correr.

—¿A correr? Estás loco, si casi no has dormido.

—Quien deja de hacer ejercicio un día, con cualquier pretexto, lo deja de hacer otro y otro hasta quedar hecho un marrano.

—De todos modos eres muy guapo.

—Pero no es suficiente.

—¡Qué vanidoso!

—¡Hasta mañana, pequeña! Muchas gracias por compartirme los libros y las historias. Mañana te ayudo otro rato.

—Gracias a ti por acompañarme. Hasta al rato.

## 21

¿El teléfono…? ¿Qué hora es? ¡¡Las cinco!! ¿Quién se habrá muerto?

—¿Quién habla? —respondo tratando de disimular la voz de sueño.

—¿Querida? ¡Perdón por hablarte a esta hora, pero es muy urgente!

—¿Chiquis? —pregunto, como si alguien más que ella pudiera tener esa voz aguardentosa. Intento despejarme.

—Sí, soy yo. ¿Estás bien?

—Sí, Chiquis. ¿Tú estás bien? Te oigo preocupada.

—Bueno… ¿puedes venir a verme? Quiero contarte algo.

—Sí, claro. Me doy un baño rápido y te caigo como en una hora. ¿Te parece bien?

—¡Perfecto! Así me das tiempo para arreglarme un poco.

¿Se sentirá mal? Voy a verla sin arreglarme, temo que esté enferma y no me lo haya dicho para no alarmarme. Algo tiene esta mujer que me da confianza y no me preocupa que me vea sin maquillaje.

—¡Qué bueno que llegaste! —me dice al recibirme.

Apenas son las seis y media. Ella tampoco se ha arreglado y para mi sorpresa se ve bastante bien. Trae una bata blanquísima de seda, unas pantuflas con plumas muy coquetas, el pelo recién lavado sin ese horrible crepé que se hace y ni una gota de rubor. Ahora veo su belleza real. Sin las plastas de maquillaje que suele usar, su cara tiene una hermosura excepcional. Las arrugas siguen su curso natural y son muy profundas, pero con el encanto de los años y la experiencia. Sus ojos tienen una luminosidad tremenda, que suele ser opacada con capas interminables de sombra azul y delineador. No obstante, su expresión parece preocupada, ansiosa.

—Chiquis —le digo mientras nos abrazamos con cariño—, eres increíblemente bella.

Los ojos se le llenan de lágrimas y se deja caer en la silla.

—No digas tonterías —dice enjugándose una lágrima, sin contener la emoción—. Hubiera querido estar arreglada. No acostumbro recibir a nadie así pero era urgente que habláramos.

—Pues eres bellísima. Si salieras así a la calle pararías el tráfico.

—¡Pero del susto! ¡Parecería un fantasma! ¡Je, je!

—Mira lo que te traje. —Le extiendo el libro de adivinación.

—¿Y esto? —Sonríe al verlo.

—Es una larga historia, pero supongo que tú le darás buen uso.

—¿De dónde lo sacaste?

—Un señor que conocí hace unos años y murió. En fin, te contaré la historia a detalle después.

—Pues muchas gracias, ya lo veré con detenimiento luego. Bueno, bueno. ¿Hoy qué te voy a leer? ¿Té o café?

—Prefiero té, te queda riquísimo.

La Chiquis hace el ritual del té. No entiendo qué está pasando, parece que su angustia y la urgencia por verme se terminó. De pronto cambia su actitud y se dirige a mí:

—¿Qué es eso de que ya no vas a trabajar con los ingenieros? —pregunta molesta—. ¿Me vas a dejar con *Mon Petit Trianon Mexicain* a medio construir?

—¡Claro que no te voy a dejar colgada! ¿Quién te dijo eso?

—Ricardo Lomelí, que fue quien me recomendó al ingeniero Quiroz. Su familia y la mía son amigas desde hace muchas generaciones.

—De hecho, anuncié mi renuncia hace un par de meses, pero el ingeniero Quiroz me pidió que me quedara hasta encontrar mi reemplazo y ahora me quedaré hasta que terminemos tu *Trianon*. Es el único proyecto en el que estoy ahora.

—¿En serio? —dice con una amplia sonrisa, se ve aún más bella—. Menos mal, yo pensé que me estabas abandonando.

—¡Claro que no! Como tú dijiste, el Destino estaba decidido a juntarnos.

La Chiquis se levanta y me abraza intensamente, como si fuera mi mamá. No, mi madre jamás me dio un abrazo así, jamás compartió las penas conmigo, nunca me dijo que me necesitaba. A Fátima se le vuelven a llenar los ojos de lágrimas. A mí me da mucha emoción y lloro también. Pasamos unos instantes así, en silencio. Luego nos separamos y volvemos a sentarnos.

—¿Eso era todo, Chiquis? ¿Creías que iba a abandonarte?

—No. De eso me enteré hace un rato que hablé con Ricardo Lomelí, porque las cartas me dijeron que había algo extraño en tu trabajo. De hecho, lo desperté a las cinco y media y no le gustó mucho, espero que no te cause un problema en la oficina. Pero yo te llamé por otra cosa.

Los loritos gritan desaforadamente. La Chiquis se levanta para calmarlos.

—Ya, mis niños, ya —les dice dulcemente, acariciando las jaulas—. Ya pasó.

—¿Qué sucede, Chiquis? Me estás asustando.

—Querida… —Me dice tomándome de las manos—. Tu mamá vino a verme anoche…

Siento como si un balde de agua helada me hubiera caído de pronto. Siento rabia. Siento miedo. El brevísimo tiempo que he pasado con la Chiquis me ha enseñado que sí existen las cosas paranormales, pero no estaba lista para una declaración así. Me pongo de pie, me vuelvo a sentar, me meso los cabellos, me llevo las manos a los oídos como si tapándolos se fuera a borrar aquella declaración de la Chiquis.

—¿Estás bien? —me pregunta la Chiquis.

—Sí, claro. Sólo que no me esperaba esto.

—¿En serio? ¿Hace mucho tiempo que murió tu mami?

—Unos tres meses. Fue en diciembre.

—Pues no es tanto. ¿No esperabas una visita de ella?

—La verdad, no. Nos llevábamos bastante mal. Era una relación muy complicada.

—Lamento escucharlo, de veras.

—Bueno y, ¿qué te dijo?

—Que te perdona… —dice la Chiquis, como si me diera una gran noticia.

—¡¿Me perdona?! —exclamo mientras siento que el rencor me recorre todo el cuerpo—. ¿De qué me perdona? ¿De qué diablos tiene que perdonarme esa mujer? ¡Cómo se atreve!

Trato de contener mi furia al ver el rostro asustado de la Chiquis.

—De todo lo que le hiciste —dice la Chiquis, titubeando—, me dijo que te perdona.

Me pongo de pie y comienzo a caminar como loca por toda la estancia. Sin poder contenerme como hubiese querido.

—¿Me perdona? ¿Me perdona por haberme salido del plan de vida de perros que tenía para mí? ¿Me perdona por dejar la cárcel que ella llamaba hogar para buscarme un destino propio? ¿Me perdona por haberme fastidiado y hacerme sentir una basura durante mi infancia y mi juventud? ¿Me perdona por haber defendido a mi padre de sus locuras, de sus celos idiotas, de sus reclamos injustificados? ¿Me perdona…? —El llanto no me deja seguir.

La Chiquis está asustada pero me parece que comprende de pronto.

—¡Cálmate, cálmate! No me imaginé que reaccionarías así, ahora entiendo muchas cosas. Por eso los loritos están tan desconcertados, nunca se ponen así cuando hay visitas del más allá. El alma de tu mamá está en pena.

—No entiendo por qué —le digo en tono sarcástico, aún entre sollozos—, si diario rezaba por las ánimas del purgatorio. ¡No sabes cómo sufrió cuando decretaron que no existía el purgatorio! ¡Sintió que había rezado en balde toda la vida!

—¡Calma, calma! Necesito que te calmes y me cuentes por qué odias a tu mamá.

Mi llanto se detiene. ¡¿Odiarla?!

—Yo no la odio.

—¿No? —exclama sorprendida—. ¿Entonces?

—No sé… creo que… me da lástima.

—¡Lástima! Eso es muy feo. A ver, cuéntamelo todo.

—Es muy largo… —digo tratando de evadir el tema.

—No importa —replica la Chiquis mientras se acomoda en su diván, lista para beber su té—. Tenemos toda la vida…

Como si se tratara de una vieja amiga, le cuento a la Chiquis gran parte de mi vida. Le relato de todo, cosas que nadie sabía, ni siquiera Elvia… ni siquiera Fer. Mi alma se va liberando. De pronto ya estoy hablando con majaderías, con maldiciones, con furia de todo lo que recuerdo que me hizo mi madre. La Chiquis va echando las cartas. En cuanto interpreta una tirada asiente o niega con la cabeza, a veces divertida, a veces preocupada. Creo que hablé durante unas tres horas antes de que ella me dijera algo.

❀❀❀

—Creí que mentías, pero el tarot dice que no odias a tu madre y las cartas no mienten.

—¿Por qué te iba a mentir? ¿Te parece poco lo que te he contado? Me sobran motivos para odiarla, pero nunca he podido.

—Qué bueno. Odiar envenena el alma y desgasta el espíritu. Pero tienes que comprender a tu madre.

—No veo cómo.

—El perdón que te otorga en realidad es una súplica para que la perdones.

—No entiendo.

—Por lo que me cuentas, tu mamá era de esas personas que nunca admitían que se equivocaban.

—Pues sí, así es. Pero yo pensé que a las almas de los muertos se les quitaba lo tercas.

—¡Claro que no! —dice la Chiquis, lanzando una carcajada—. ¡Tú ves demasiadas películas! Las almas son las almas y no siempre cambian. Tu mamá vino ayer con una aflicción muy grande. Además, tienes que considerar que buscó el medio para llegar a ti, ya que seguramente no logró hacerlo de manera directa.

—Puede ser.

—Créeme. Te sentirás mejor si la perdonas.

—Es que tampoco tengo nada que perdonarle. Ella era así y me acostumbré a sus modos. No le guardo rencor.

—Yo creo que sí hay algo de resentimiento en lo que sientes por ella, pero no quiero meterme. Sólo piensa que si le hablas, liberarás su alma y ella podrá irse en paz.

No puedo creer lo que está diciendo Fátima, tampoco comprendo cómo es que yo, una escéptica por naturaleza, estoy teniendo esta conversación. No quiero perdonar a mi madre. No quiero. Siento que, si la perdono, la perderé para siempre. ¡Qué estupidez! Pero eso creo. ¡No es posible! ¡No quiero dejarla ir!

—Lo voy a pensar —digo para calmar a Fátima.

—Bueno. No quería arruinarte el domingo, pero tu mamá era un ser fuerte. Desequilibró toda mi casa —dice mientras enciende incienso y unas cuantas velas—. ¿Te quedas a desayunar? Tengo pan de pueblo y fruta de la que recolecta Ramón.

—Me encanta la idea. Voy a lavarme.

Me pongo de pie. Quiero estar sola, quiero olvidar esta pesadilla que mi madre me ha preparado desde el más allá. No es posible que me siga juzgando, que quiera controlarme aún con sus chantajes. No puedo creer que haya recurrido a la Chiquis. ¡Hasta muerta me avergüenza frente a mis amigos! Me echo agua en la cara. No quiero volver con Fátima, no quiero que retome el tema. Me veo en el espejo. Es absurdo seguir alimentando este hartazgo, este rencor. Me mojo la cara una vez más y, sin saber por qué, digo:

—Yo también te perdono.

Una ráfaga de aire abre una pequeña ventila que está en el baño y me parece que el ambiente se hace más claro. Un escalofrío recorre mi espalda. Me da miedo. Prefiero volver con Fátima. Los loritos hacen gran escándalo y los canarios están cantando alegremente.

—Hiciste bien, querida. Ahora tu madre puede irse en paz.

No quiero pensar más en el asunto y me quedo con la Chiquis hasta el mediodía. Hablamos de las cosas más triviales: de cómo la fruta sabía mejor antes, que la de su huerta es muy parecida a la fruta de nuestros tiempos y, naturalmente, de lo apetitosos que se ven los bíceps de Ramón cuando la recoge.

## 22

Fer me está esperando en el jardín. Es un encanto, podó el césped de la entrada de mi casa.

—¿Dónde estabas? ¿En el departamento de Bernardo dándose de besitos? —me dice como un niño malcriado, muerto de risa.

—No, ¿cómo crees? Estaba con mi cliente, la Chiquis. Me llamó a las cinco de la mañana para que fuera a verla.

—¿En domingo? ¿Y eso?

—Pasa, pasa. Te cuento mientras seguimos seleccionando los libros. Me parece que no voy a donar ni uno a ninguna biblioteca.

—Si lo haces te degüello.

Y continuamos toda la tarde seleccionando libros.

—¿Entonces, la perdonaste?

—La verdad, no. Pero resultó, al menos eso me dijo la Chiquis.

—No puedo creer que tu mamá te venga a fastidiar después de muerta.

—Y a seguir quejándose de mí con mis amigos.

—Oye, por cierto, espérame un momento. Vas a ver lo que encontré en el jardín hoy en la mañana.

Fer sale unos momentos para regresar con una cruz de madera, hecha con dos tablas irregulares y maltratadas, unidas por un clavo.

—Se me ocurrió que podía arreglar tu jardín para que la casa se vaya viendo mejor. Me puse a podar el pasto y encontré esto.

—¿Qué es eso?

—Míralo tú misma.

La cruz está como manchada, llena de tierra y lleva una estampita con la imagen de San Charbel que tiene una oración:

*"Tú Señor, que no quieres la muerte del pecador, sino que se arrepienta y viva, dígnate aceptar los sufrimientos y las angustias de tu hijo* **Fernando** *afligido por la enfermedad* **de la sodomía**. *Por la intercesión de San Charbel, apóstol de los enfermos, concédenos valor y paciencia en la enfermedad; y si es tu voluntad, otórganos la salud del alma y cuerpo manifestando tu poder de amor y compasión. Para que sano y alegre cumpla tus mandamientos y proclame tus maravillas. ¡Oh, Señor!, Dios nuestro, a ti sea la Gloria ahora y por los siglos de los siglos. Amén".*

Luego atrás, escrito con la letra de mi madre, dice:

*"San Charbel, por el poder que Dios te dio, te pido que libres a este pobre pecador del mal que le trajo mi hija. Que esta pobre víctima se aleje de la*

*sodomía y se arrepienta de todos sus pecados para que su alma y la mía puedan estar en paz".*

Un ataque de risa, combinada con vergüenza se apodera de mí. Fer comienza a reírse también.

—No sabía cómo lo ibas a tomar. Estaba entre tu casa y la mía.

—¡No es posible! —digo enjugándome una lágrima cuando la risa me deja hablar—. Mi madre me demuestra que las locuras se pueden hacer también desde el más allá.

—¿Y tú qué tienes que ver con mi... *enfermedad*?

—¿No lo sabes? Según ella, yo convertí a David en homosexual y él a ti.

—¿En serio? ¡Órale! ¿Y por qué no me lo habías contado?

—Hay tantas cosas que no te he contado. Sobre todo de lo que decía de ustedes. No tiene caso. Eran puras tonterías.

—Tu jefa sí que se azotaba. Yo no sé cómo es que tu papá la aguantó tanto tiempo.

—¿Mi papá? Él de plano se fue de la casa. El tuyo era quien le aguantaba todo.

—Sí es cierto. Cuántas veces no se habrá ido a quejar de todo con él.

—Yo creo que le gustaba.

—Yo también siempre lo creí. Pero entiendo que mi papá la detestaba. Nunca hablaba mal de las mujeres, pero cuando tu mamá iba a visitarlo entornaba los ojos y más de una vez se negó a recibirla con cualquier pretexto.

—Siempre fue un caballero. Era incapaz de decir algo en contra de nadie, mucho menos de una mujer.

—Oye, ¿y el tal San Charbel se encargará de esas cosas?

—Pues yo no sé. No pensé que hubiera un santo especializado en eso.

—Por aquí había un libro de hagiografía, ¿vemos?

—Aquí está... No, no dice nada contra los sodomitas, sólo dice *"Patrón de los que sufren en cuerpo y alma"*.

—Tanto como sufrir... como que no es muy eficiente para el asunto, la verdad. Por lo pronto ya me habló por teléfono el "sobrinito" de los libros.

—¿En serio? No dejas uno vivo. Está muy jovencito.

—Pero es mayor de edad y ya sabe lo que quiere. A ver qué pasa, la verdad sólo es por deporte.

—Me da miedo la cruz ésta.

—No seas tonta, ¿miedo por qué?

—No sé. He visto tantas cosas raras estos días. Además, Renata dice que su abuela la mandó a hacer no sé qué.

—No entiendo.

—Su abuela es chamana. O sea, entiendo que alguien había hecho una brujería.

—¡Órale! ¿Contra ti o contra tu mamá?

—No sé, la verdad me da miedo saber. ¡Ah! También me preguntó por un altar.

—Esto no es un altar, es sólo una cruz muy mal hecha y muy sucia.

—Sí, pero mamá tenía un altar en su recámara. No sé cómo no provocó un incendio.

—Pues para ser tan católica tu mamá practicaba muchas herejías.

Una fuerte ráfaga de aire abre la ventana intempestivamente. Como si fuese una mala película de terror, uno de los libros del doctor Ahumada se abre. Es un libro de la Inquisición y queda abierto en una página que tiene una ilustración de una bruja que es quemada en una cruz. Fer y yo nos asustamos. Nos quedamos viendo el libro y luego nos miramos.

—¿Quemamos la cruz? —me pregunta.

—¿Y por qué no? No quiero tenerla aquí en la casa.

—¡Voy por alcohol!

Fer se levanta con gran ánimo. Sentimos que estamos haciendo una travesura tremenda. A mí me da un poco de pena que alguien pueda vernos, así que saco una olla vieja y preparo todo para hacer la hoguera en el jardín de atrás. La noche es tranquila y se siente un ambiente de paz. ¡Estoy muy emocionada! No más que Fer, quien llega con dos botellas de alcohol y unos cerillos de los largos.

Será el ambiente misterioso del momento pero, al cargar la cruz, siento como acalambradas las manos, como si una energía horrible me recorriera el cuerpo. Arrojo la cruz con horror en la olla. Fer se me queda viendo, toma la cruz y empieza a quitarle la tierra que tiene encima, de pronto la tira también.

—¡Me dio como toques! —grita.

—¡A mí también!

—Pues a ver si se quema así.

Vierte bastante alcohol sobre la cruz, luego le acerca un cerillo y el alcohol prende. De pronto sentimos como si un remolino nos envolviera. El viento comienza a soplar, como queriendo apagar el fuego, así que nos ponemos de tal manera que el aire entre lo menos posible. El fuego aún no llega a la madera, pero yo siento como si alguien nos observara. Me da miedo. Inconscientemente oprimo la cruz que me dio mamá con mi mano derecha.

Me acuerdo de Rogaciano. Nadie conoce esa historia, más que Fátima. Cuando estoy por contárselo a Fer, la cruz comienza a quemarse y nos quedamos viendo las llamas. Me parece que el color de ese fuego no es normal, de pronto se ve rojo, siento un olor como a sangre, luego se vuelve verde, luego azul y termina siendo de un rojo anaranjado, muy distinto al fuego de una fogata. Caigo en una especie de hipnosis. El movimiento de las llamas me hace ver las figuras más extrañas. El recuerdo de mi aventura con Rogaciano se hace muy vivo. Nos observo en plena pasión, claramente veo el jardín del colegio y el cubo de la escalera que cubría un poco nuestro pecado, estamos haciendo de todo a medio vestir y sin ningún recato. Me veo con Erik, yendo a su casa y ofreciéndome como una cualquiera; con Antonio, rogando por un poco de amor; me veo gritándole a mi madre. No puedo soportarlo. Me da miedo y quiero apagar la hoguera, pero las imágenes de mis amantes desaparecen y veo a mi madre, como suplicándome que no la apague. Atrás de ella me parece ver a su criada, retorciéndose en las llamas, como si ella fuera la cruz y estuviera quemándose junto con todo el mal, junto con todo lo que hizo.

Siento que el corazón se me sale del pecho. No sé cuánto tiempo he estado viendo el fuego pero la cruz está casi deshecha. Una mariposa blanca se posa sobre mi cabeza. Sin poder evitarlo pego un grito.

—¡Tonta! ¡¡Me asustaste!! —grita Fernando mientras manotea.

—Yo también me asusté. Estoy harta de esta casa llena de bichos —clamo al tiempo que me sacudo con las manos por si hay algún otro insecto cerca de mí.

Observo a Fer que se queda inmóvil, pálido. También parece haber estado en trance. Me mira seriamente.

—No lo puedo creer.

—¿Qué?

—Me acabo de ver con David besándonos apasionadamente, vi a todos mis amantes. También creí ver a tu madre, creí ver a la muchacha que le ayudaba.

—¡Cállate! —digo horrorizada.

Guardamos silencio, vemos con terror las cenizas y los trozos que aún quedan de la cruz. La imagen de mi madre suplicando y de la criada pagando el mal que hizo dan vueltas en mi mente y me hacen sentirme mala, pero feliz. Hubiera querido que con la cruz se quemaran mis rencores, pero es demasiado pedir.

—Fer…

—¿Qué? —me contesta, sin dejar de ver las cenizas.

—¿Puedo dormir en tu casa?

—Por favor, ¡te lo suplico!

Otra mariposa, o tal vez la misma, pasa volando frente a nosotros. Como si fuéramos unos niños nos echamos a correr y sólo me da tiempo de recoger mis llaves antes de salir aterrada hacia la casa de Fernando.

## 23

No sé a qué hora nos acostamos, pero dormimos abrazados. De todos modos tardé mucho en conciliar el sueño porque escuchaba ruidos que venían de mi casa, me parecía oír lamentos y sentía que estaba llena de espíritus. Desde la ventana creí ver fuegos fatuos brotando del techo y lucecillas prendiéndose y apagándose por todas partes. Fer no apagó la luz y yo estuve de acuerdo. No he soltado el crucifijo que me dio mamá. Habré dormido un par de horas, cuando mucho, pero me urge que salga el sol. ¡Ay! ¡Ah, es el despertador de Fer!

—¡Me lleva! Se me olvidó que tengo cirugía —dice Fer, poniéndose de pie de un salto.

—¿Te hago algo de desayunar?

—No, desayunaré después. Gracias.

—Entonces me voy a la casa, porque tengo mucho qué hacer. ¡Gracias por dejarme dormir aquí!

—Gracias a ti por quedarte. No lo entiendo, nunca he creído en estas cosas. Tal vez estábamos muy sugestionados.

—Tal vez... Te llamo al rato, ¿sale?

—*Okay*.

❀❀❀

El sol comienza a salir, algo tímido, al menos así me parece. Voy a hacer el desayuno pero antes tengo que buscar algo. ¿Dónde tendrá las fotos mi mamá? Han de estar en su cuarto. A ver… ¿Qué diablos estará golpeando el techo? Han de ser esas insoportables palomas porque veo sombras que van y vienen sin pausa. Es en lo único que coincidíamos mamá y yo. Las palomas serán muy símbolo de la paz, del Espíritu Santo, pero arruinan las casas. ¡Sí! ¡Aquí están las fotos! A ver… Ésta es la que quería.

Voy a… voy a poner musiquita en mi celular a ver si se me quitan los nervios porque escucho demasiados ruidos extraños. Bernardo llegará a las nueve, según me dijo, tengo que estar arreglada y fresca, así que a bañarse.

Voy a guardar todo lo que necesito para hacer el mole de olla. Espero no olvidar nada. También voy a llevar mis ollas, mi rodillo… Voy a hacerles los buñuelos con la receta de la hermana Isabel. ¡Hay que preparar un desayuno para Bernardo! Seguro va a venir con hambre. Hasta le voy a comprar pan recién hecho en la panadería. A los hombres hay que atraparlos por el estómago… ¿Qué estoy diciendo? Ya estoy soñando con la boda con el príncipe azul. Tengo que borrarlo de mi mente, no creo que lo del sábado se repita. Ni siquiera me llamó ayer por teléfono… o tal vez sí.

¡Siete llamadas perdidas! ¿Por qué no me habrá llamado al celular? Lo bueno es que está llegando tarde,

porque no me ha alcanzado el tiempo de hacer todo…
¡Qué tonta soy! ¿Cómo va a desayunar con el olor de la
fumigación? De hecho, nos tendremos que salir.
Bueno, él come muy rápido. ¡Ahí está! Todo ese
escándalo sólo lo puede hacer él. ¡No puedo creer lo
lindo que es! No importa lo que lleve puesto se ve
divino, pero con ese traje gris Oxford parece un Dios.

❁❁❁

—¡Buenos días, revoltosa!
—¡Buenas noches, tirano!
—Te estuve llamando ayer, pero nunca me
contestaste.
—Estuve en casa de la Chiquis, ya te contaré.
¿Por qué no me llamaste al celular?
—Supuse que estarías ocupada y sólo quería
saludarte. Perdón por el retraso, pero tuve que robarme
a los muchachos de la remodelación que estamos
haciendo en el centro, porque no les avisé con tiempo.
—¡Buenos días, arquitecta!
Es don Benito, el mago que nos resuelve todos
los problemas de construcción. La empresa está llena
de brillantes ingenieros, que hacen planos, que
proyectan las grandes construcciones, pero sin la gente
de don Benito no haríamos nada.
—¡Buenos días, don Benito! ¡Muchas gracias
por venir!
—¡Buenos días, señorita arquitecta Guerrero!
Nomás nos dijo el ingeniero que usté necesitaba ayuda
y ya luego luego vinimos. Pero no pensé que la casa
estuviera de al tiro en tan mal estado.

—¿Sí la ve muy mal?

—Pos la estructura se ve fuerte, a no ser que el ingeniero considere otra cosa, pero está todo muy descuidado.

—Sí, hace años que no tiene mantenimiento. Ahora que entre usted se dará cuenta, todos los pisos están carcomidos, las puertas tienen herrumbre, hay salitre en las paredes…

—Por eso le pedí a don Benito que viniera a echar ojo, porque necesitas remodelación completa —dice Bernardo—. La estructura está bien, don Benito, el mayor problema son las plagas. Está lleno de cucarachas y de polillas.

—Eso lo arreglamos hoy mismo. A lo mejor tenemos que darle sus reforzadas después, pero hoy la dejamos sin bichos.

—¡Muchísimas gracias! —sale del fondo de mi alma.

—También quiero que midan de una vez pisos, paredes, ventanas. Todo para que ya tengan los datos y se vaya haciendo la remodelación según la arquitecta Guerrero lo requiera.

—No hay problema, ingeniero. Conforme la arquitecta nos vaya mandando yo le envío a mis muchachos para que su casa quede chula muy pronto. ¡Órale, atarantados! ¡Póngansen a chambiar! —les grita a sus empleados y se dirige a arrearlos.

—¡Gracias, ingeniero Quiroz! —Le sonrío a Bernardo.

—¡Para servirla, señorita arquitecta Guerrero!

—Te hice unas quesadillas, pero no pensé en que iban a fumigar.

—Entonces hay que comérselas rápido, antes de que se enfríen… o de que se las coman las cucarachas.

—¡Cállate, tonto! ¡Qué asco!

—¿Tan feas te quedaron?

—Ahora, por tonto, te voy a dar café soluble.

—¡Noooo! Mejor dame agua. ¿A poco ya te acabaste el que te traje?

—No, sólo le invité un poco a Fer. Además, te vas a morir de envidia.

—¿Por qué?

Lo hago pasar y le enseño las cajas con los libros. Los ojos se le iluminan.

—¿Y esto?

—Ya te contaré.

Bernardo va a seguirme a la sala pero se detiene al ver uno de los libros. Lo toma con veneración.

—*Manuel des lois du batiment* de Charles Rohault de Fleury. Se ve muy antiguo. —Lo revisa—. ¡Es de 1862! ¡Podría ser una primera edición!

—¿Primera edición? —Me asomo a verlo—. ¿Cómo lo sabes?

—Soy coleccionista de libros antiguos, ¿no te había dicho?

—No. Sé que te encantan los libros, pero no sabía que los coleccionaras —exclamo sorprendida.

—Tengo una colección especial de libros de arquitectura e ingeniería. Mientras más antiguos, mejor.

—Si lo quieres es tuyo, pero luego me lo dejas leer.

—¡No tienes una idea de lo que puede valer esto!

—Me lo imagino, pero a mí no me costó nada, así que puedes quedártelo.

Mira el libro con ansiedad. Me lo extiende.

—Es que podría ser muy valioso. No puedo aceptártelo.

—Quédatelo, por favor. —Le tomo la mano con la que me está ofreciendo el libro. Siento como si una corriente eléctrica me recorriera todo el cuerpo, pero logro contenerme—. De todos modos, no te pienso pagar por tus servicios de remodelación.

Bernardo me mira fijamente a los ojos. Se acerca para besarme pero el ir y venir de los trabajadores lo detiene. ¡Qué lástima!

—Ojalá que me dejes revisar los libros. Podríamos llevarlos con un experto.

—Claro que sí, cuando quieras.

—Bueno, ahora quiero mis quesadillitas. —Abraza el libro con vehemencia.

—¡En seguida!

—Mientras preparas todo voy a guardar el libro en el auto.

Bernardo arranca una hoja del *block* de trabajo que trae, envuelve con ella el libro, supongo que para ya no tocarlo con las manos y sale corriendo como un niño con juguete nuevo. Caliento las quesadillas y en cuanto regresa nos sentamos a desayunar mientras los muchachos de don Benito se dedican a medir y analizar las fallas de la casa.

—¿De dónde sacaste estos tesoros?

Le cuento la historia del doctor Ahumada.

—No puedo creer que sólo lo hayas visto una vez. Esto que tienes ahí vale una millonada.

—Sí, pero en realidad no me lo dio él, sino su viuda, que cree que son libros del diablo por haber pertenecido a un masón. Es una historia muy rara. Hablando de rarezas, tengo algo para ti. Pero sólo porque te portaste muy bien el sábado al acompañarme.

—¿Algo más? Estoy de suerte hoy. ¿Qué es?

—No sé si dártelo.

—Entonces, ¿para qué me dices?

—Bueno, te lo doy, pero no te puedes reír.

—¿Pues qué es?

Dudo un momento, pero ya no puedo echarme para atrás. Le extiendo la fotografía.

—Toma. La foto de mi "segunda comunión"… vestida de monja.

La reacción de Bernardo es totalmente distinta a la que yo esperaba. Yo pensé que se iba a reír pero toma la foto casi con adoración y la mira. Esboza una sonrisa y la contempla unos instantes.

—Siempre has tenido cara de ángel.

Nunca esperé una reacción así sobre una foto que yo considero ridícula. Tengo ganas de llorar, de abrazarlo, de besarlo, pero en este momento veo que don Benito está parado en la puerta.

❀❀❀

—Pase, don Benito, ¿no quiere un café?

—Bueno, señorita arquitecta, muchas gracias.

—Agarre un pancito también.

—¡Gracias! ¡Dios se lo pague! Ya terminamos de ver todo, ingeniero. Hay mucho por hacer pero no hay daños graves, nomás es cosa de ir poco a poco.

—¿Y van a fumigar hoy?

—Sí, de una vez, pa' ir acabando con las cucarachas, porque polillas no encontré por ningún lado.

—¿De verdad? ¿Ni una? —pregunta extrañado Bernardo—. Pero si todavía hay mucha madera en la casa.

—Pos no detectamos nada, de todos modos vamos a revisar bien.

—Es que se murieron de tristeza cuando murió mi madre.

—¿Cómo cree, señorita arquitecta? Esas no perdonan. Seguramente les echaron algo que las mató.

—Gracias, maestro —dice Bernardo—. Pues usted nos dice cuándo quiere empezar.

—Ya fueron los muchachos por la máquina. Es mejor que ustedes se vayan y no regresen hasta mañana.

—No, si ya nos vamos nosotros. Aquí le dejo la llave. Por favor se la da a Bertha en la tarde. Nomás haga el favor de decirle a sus muchachos que me echen una manita para subir esto al coche del ingeniero.

—Con todo gusto, señorita arquitecta. —Don Benito va por sus muchachos.

—¿Todo eso vas a llevar? Si nada más te pedí mole de olla.

—Pero no sé qué tenga en su casa la Chiquis y no quiero que falte nada. Dame mi foto.

—¡Ah, no! Dijiste que era para mí.

Y se la guarda en el bolsillo de la camisa.

Con la ayuda de los trabajadores subimos todo al coche de Bernardo.

—¿Y esa maleta? —me pregunta.

—Para quedarme en un hotel. No pienso pasar la noche en una casa que huele a insecticida y está llena de cadáveres de cucaracha.

—¡Falta de confianza! ¿Para qué estamos los amigos? —dice Bernardo, sumamente seductor—. Te puedes quedar en mi departamento.

—¡No me digas! ¡Qué amable! —me burlo.

—Entonces quédate donde quieras —contesta enojado.

Prefiero no seguir con el tema. Vamos a cocinar mejor, que la comida no sabe bien cuando la gente está enojada al guisarla, según creencias de la abuela Camerina y de la hermana Isabel. Quizá por eso mi madre no cocinaba muy bien, siempre estaba irritada. Al subir al auto Bernardo parece todavía molesto. Pienso que no es pertinente hablar con él hasta que se le pase el mohín, pero cuando enciende el coche comienza a sonar *Milonga del 900* cantada por Gardel.

—¿Y eso? —pregunto muy contenta.

—Lo traje para irlos escuchando. Ya sé que te gusta la música de viejitos.

Le tomo la cara y le doy un beso en la mejilla. Ni siquiera lo pensé, sólo quise hacerlo. Él sonríe y continuamos la marcha cantando hasta llegar a casa de la Chiquis.

## 24

Nos abre Jenifer.

—Que dice la señora doña Chiquis que pasen ustedes a la cocina, que utilicen lo que necesiten y que yo los ayude en lo que ustedes quieran.

—Gracias, Jenifer. Por lo pronto, hazme el favor de lavar las verduras.

—Sí, señora.

—¿Y yo qué hago? —pregunta Bernardo al tiempo que se sienta cómodamente.

—Usted, señor ingeniero, va a aprender a cocinar hoy, porque no estoy dispuesta a guisarle mole todos los domingos.

Mientras pongo a cocer la carne hago que Bernardo cueza los jitomates, remoje los chiles y no logro que haga más, pues se toca la cara después de manejar los chiles y lo tuvimos llorando un buen rato por el ardor. No importa mucho, la pasamos bien. Él está descubriendo un mundo nuevo y entre Jenifer y yo terminamos de arreglar las verduras y ponemos todo a cocinar. En cuanto acabo de preparar el guisado, me pongo a hacer los buñuelos. Hago un jarabe de piloncillo para acompañarlos. El olfato de Bernardo está en el paroxismo absoluto y al parecer el de la Chiquis también, pues ha venido a visitarnos en la cocina.

—Huele a gloria, querida.

—¡Chiquis! ¡Qué linda estás!

—¡Preciosa! —dice Bernardo, al tiempo que le da un beso en la mano.

—La ocasión lo amerita, ingeniero. De otro modo usted no habría venido tan seductor. —Bernardo se sonroja—. ¿Hace falta algo, querida? Para mandar a Jenifer a que lo compre.

—Ahora que lo dices, no pensé en nada para tomar. Tampoco traje tortillas.

—No te apures. Jenifer hace un agua de limón con chía deliciosa. ¿Puedes hacernos una poca, linda?

—Sí, señora. Pero tengo que ir al mercado por la chía y por las tortillas.

—Toma dinero del cajón. En cuanto a las bebidas espirituosas no se preocupen, que también tengo bastante. ¿Quieren un tequila?

—¿No es muy temprano para eso? Mejor hasta que comamos —digo ingenuamente.

—Querida, si tú crees que vamos a esperar para comer esto que huele delicioso, estás muy equivocada.

—¡Estoy completamente de acuerdo, señora Arteaga! —la secunda Bernardo.

Comienza a ponerme nerviosa el asunto del mole de olla. La Chiquis y Bernardo parecen tener altas expectativas y no estoy segura de poder alcanzarlas. Tomamos un tequila en la cocina y, en cuanto llega Jenifer, la Chiquis nos pasa al comedor donde nos esperan tortillas calientes, chicharrón, cilantro, cebolla y salsa de molcajete para abrir boca con unos tacos placeros.

❀❀❀

—Perdona, querida, que haya mandado a hacer esto, pero supuse que no te molestaría.

—Al contrario. Hace tanto que no preparo comida que me olvidé de lo esencial.

Muy pronto llega el mole a la mesa y mis nervios me están traicionando. Por fortuna, al probarlo yo antes que ellos, por temor de que no estuviera bueno, descanso. Ha quedado en su punto. La Chiquis y yo comemos dos platos cada una y Bernardo cuatro.

—Pues tú te quejas de tu mamá, pero te enseñó a cocinar como una experta —me dice la Chiquis.

—No me enseñó mi mamá, sino la cocinera de mi escuela. Mamá no era muy buena maestra y aunque cocinaba bien, no era nada extraordinario. Mis abuelas sí que eran grandes cocineras, pero tampoco me enseñaron mucho. De postre hice buñuelos. ¿Quieren café de olla? Hay una tienda cerca de aquí y les queda muy bueno.

—¿De tienda? ¡Estás loca! —dice Bernardo—. Hoy es día de comida casera y es muy fácil de hacer.

—Sin duda alguna, ingeniero. Dejemos que Jenifer lo prepare —dice la Chiquis.

—Por mí está bien, pero como yo no sé hacerlo...

—No sé qué va a pasar con esa cafetería de tus sueños si ni ese café sabes hacer.

—¿Una cafetería? —pregunta la Chiquis, sorprendida—. Pensé que no te gustaba el café. Como siempre lo tomas con azúcar…

—Eso es algo que no entiendo —rezonga Bernardo—. ¿Me permite pasar a su baño?

—Desde luego, ingeniero, ya sabe que está usted en su casa.

Al retirarse Bernardo, la Chiquis me mira seria, con reproche. Luego dice:

—Espero que puedas explicarme rápidamente cuál fue la locura que hiciste anoche.

—No entiendo a qué te refieres.

—A que desequilibraste todo el entorno. Los espíritus estaban vueltos locos.

—Pues…

Quisiera mentirle, pero no puedo. Rápidamente, con el temor de que vuelva Bernardo y me crea loca, le relato todo lo que hicimos anoche Fer y yo. El descubrimiento de la cruz, el libro de la Inquisición…, la quema de la cruz. La Chiquis me mira aterrorizada. Toma su péndulo, lo oprime contra su pecho. Se angustia. Cada vez me siento más culpable.

—… y una mariposa blanca me sacó de ese trance.

—¿Una mariposa? ¡Menos mal! —La Chiquis respira aliviada.

—¿Por qué?

—Las mariposas, querida, son un símbolo femenino. Pueden hacer viajes entre los mundos, buscan conocimiento. Representan una metamorfosis. Una transición del espíritu que se libera y quiere renacer en el otro mundo. Sin proponértelo me parece que ayudaste a tu madre a liberarse de una carga muy pesada, del lastre que no la dejaba seguir su camino. Pero te arriesgaste mucho haciendo esa tontería sin saber las consecuencias que podía tener. La bruja que preparó esa cruz sin duda era muy poderosa, tenía atrapada a tu madre.

—Nunca imaginamos que…

—Ustedes los descreídos deberían ser más prudentes con lo que hacen —me dice severa—. Tú y el tal Fernando se arriesgaron demasiado, metiéndose en menesteres que no les corresponden. ¡Da gracias a que ambos están muy bien protegidos! Pero nos hicieron pasar una noche de descontrol, difícil y peligrosa.

—Lo siento mucho.

—No importa, querida, no importa. Todo tiene solución, sólo quería saber qué cosa tan terrible hiciste para enfurecer así a las fuerzas.

Bernardo vuelve a la estancia y no se toca más el tema.

Pasamos una tarde deliciosa. La Chiquis nos cuenta anécdotas de su vida, nos hace bromas y nos invita licor de damiana. Es la mejor anfitriona que he visto, pero ya está por caer la noche y se ve cansada, nada extraño en una persona tan mayor. Me parece que Bernardo se percata de lo mismo pues dice:

—Debo retirarme. Tengo que seguir con la planeación de la obra, pero le aseguro que pasé la tarde más encantadora, señora Arteaga.

—Llámame Chiquis, muñeco. Esta tarde te has ganado toda mi confianza y mi agradecimiento, pues

Lomelí ya me dijo que tú insististe en llevar el proyecto y en incluir a esta preciosa chef en el paquete.

—Al contrario, Chiquis, es un placer trabajar en un proyecto tan distinto y maravilloso. Además, la arquitecta Guerrero es la mejor que hay en la ciudad.

—Espero que terminen pronto de planear para que comiencen a trabajar. ¿Te vas también, querida?

—Sí, Chiquis, Bernardo va a hacer favor de llevarme.

—Espera a que Jenifer te traiga tus cosas.

—No hay problema, de todos modos voy a estar viniendo seguido. Me las das después.

—De acuerdo. Tendremos que repetir esto, a ver cuántos platillos te sabes. Los acompaño hasta la puerta. ¿Te veo mañana?

—No, mañana no porque hoy fumigaron la casa y voy a tener que ventilarla.

—¿Fumigaron? ¿No irás a dormir ahí, verdad? Entre el olor a insecticida y la quema de la cruz no vas a poder hacerlo.

—No, voy a quedarme en un hotel. —Bernardo nos mira intrigado, seguramente por lo de la quema de la cruz.

—Si quieres quédate aquí.

—No, gracias, señora Arteaga... Chiquis —tercia Bernardo—. La arquitecta se niega a aceptar la hospitalidad. Yo también ya le había ofrecido que se quedara en mi casa y se negó rotundamente.

—¡Pues qué tonta eres, querida! Si a mí me ofreciera una cama un muñeco como éste, no lo pensaría dos veces.

No quiero contestar, estoy segura de que estoy totalmente ruborizada. De reojo alcanzo a ver cómo la Chiquis le guiña el ojo a Bernardo con complicidad.

—En fin, esta niña es muy valiente para quemar brujerías pero para otras cosas… —le dice al confundido Bernardo, que no sabe de qué está hablando.

—Te lo agradezco de todo corazón, Chiquis, pero prefiero no molestar.

—No molestas, querida, sólo me desesperas un poco.

Me parece que Fátima está genuinamente fastidiada, o tal vez decepcionada. De todos modos nos damos un cariñoso beso de despedida. Bernardo le besa la mano nuevamente y salimos de su casa felices. De pronto Bernardo se pone serio y me pregunta:

—¿Quemar brujerías?

—No es nada, sólo una tontería que le platiqué.

—Bueno. ¿A qué hotel te llevo?

—No sé, a cualquiera. Sólo es para pasar la noche.

—Supongo que no dejarás que te invite una copa en mi departamento.

—Supones mal. La noche es joven y hoy me siento feliz.

## 25

Me encanta el departamento de Bernardo. No es muy ostentoso pero es moderno, siempre está limpio y muy iluminado. En realidad lo he ido arreglando a mi gusto, porque lo he acompañado a comprar casi todos sus muebles en tonos plateados y blancos. A mí no me convence mucho lo plateado, prefiero la madera, pero la personalidad del departamento tiene que ser más como Bernardo: recia, fresca, moderna…

—¿Qué quieres tomar?

—Creo que sigo con tequila. Si me voy a emborrachar prefiero no revolver.

—Yo he tomado mucho pero no me siento ebrio.

—Ni yo. La verdad.

—Te voy a servir de un tequila reserva especial que tengo. También tengo licor de damiana, a menos que te dé miedo seguir bebiendo "licor de la pasión".

—¿Por qué me va a dar miedo? Sírveme lo que quieras, hoy estoy muy contenta.

Mientras Bernardo sirve las bebidas voy a poner música. ¿Tangos? Tiene muchísimos discos de tango.

Creo que he despertado en él la fascinación por ellos, pero ahora quiero otro tipo de música.

—¿Jazz? —pregunta Bernardo al volver a la sala.

—También me gusta, ya lo sabes.

—Como siempre escuchamos jazz, pensé que te decidirías por los tangos.

—Sí, ya vi que sacaste la colección, pero no tengo ganas de ponerme nostálgica. Hoy fue un día inolvidable.

—Hacía mucho que no la pasaba tan bien. ¡Salud!

—¡Salud! Pensé que no te gustaba el tango, te has burlado tanto de mí.

—Me gusta mucho. A mi mamá le encantaban el tango y la zarzuela y tuvo una colección inmensa de discos de Gardel. Cuando ella murió, mi hermana se llevó la colección a San Antonio, entonces me puse a buscarlos en CD.

—¿Tienes una hermana?

—¿No sabías?

—No. Ahora me doy cuenta de que sé muy poco de ti. No sabía que tenías un hijo, no sabía de tu hermana…

—Es que no me pones atención —se ríe con malicia.

—Tú tampoco sabes nada de mí. A ver, ¿cuántos hermanos tengo?

—Uno. Vive en Guadalajara, está casado con tu mejor amiga, tienen dos hijos, el mayor está estudiando…

—¡Está bien! ¡Está bien! Tú ganas. Me siento muy apenada.

—No te preocupes. Yo hablo poco de mi vida privada. Puse un poco de café. ¿Quieres?

—No, porque entonces no voy a dormir.

—A ver —dice Bernardo, sentándose a mi lado—. Ahora que estamos tranquilos te pregunto. No quiero que te molestes. ¿Por qué quieres poner una cafetería? Y no puedes responderme que es tu sueño.

—Pues… no sé. Me parece algo fascinante, glamoroso. Me encantaría tener un local, decorado con *art noveau*, las lámparas…

—Tú estás pensando en el local, en cómo decorarlo, en cómo se verá lleno de comensales intelectuales, tal vez artistas, pero, ¿has pensado qué vas a servir?

—Pues… café…

—¿De qué tipo?

—Mmm… no sé. Americano, *capuccino*.

—No, yo me refiero a qué tipo de café. ¿Dónde lo vas a comprar?

—Debe haber proveedores que se encarguen de esas cosas, ¿no?

—¿Y sólo vas a servir café?

—No… tal vez galletas, o pasteles… ¡Vi unas charolas de plata…!

—¿Tendrás una máquina moderna para hacer café?

—No, pienso en una clásica, que esté atrás de una barra de madera y estuco blanco, con la máquina al fondo, vidrieras enormes y en las paredes los carteles de Beardsley.

—¿Y no vas a servir otra cosa? ¿Vino? ¿Cerveza? ¿Té?

—Pues, no lo he pensado... pero ahora que lo dices, vi unas teteras...

—¿Ya lo ves? En realidad, no quieres poner una cafetería. Te hace ilusión el lugar, cómo querrías que fuera, cómo quieres decorarlo, los materiales, las teteras, las tazas...

—Me encantaría poner tazas de porcelana; además, ya vi unas cucharitas de plata...

—¡Escúchame, revoltosa! —Me toma la cara tiernamente con ambas manos para impedir que desvíe la mirada—. No es que no quiera que tengas tu cafetería, pero tendrías que pensar muy bien si estás dispuesta a pasar en un mismo lugar todos los días de tu vida. El negocio de comida es muy pesado, es exigente. Piensa bien si no preferirías hacer remodelaciones de restaurantes, de espacios clásicos, o tal vez poner tu cafetería, pero busca asociarte con alguien que verdaderamente quiera atender un café gourmet.

Bernardo tiene razón. No quiero aceptarlo, pero es la verdad. No me veo atendiendo la caja, retirando platos de las mesas, viendo que la gente no se terminó un pastel o que mis tacitas de porcelana se rompen por la imprudencia de algún mesero. Bernardo respira hondo al ver que no respondo.

—Eso es lo que quería decirte. —Me suelta la cara—. Cuando tú quieras te llevo, ¿eh?

—Pensé que me habías invitado a quedarme —*¡No sé por qué dije eso!*

—Te he invitado a quedarte muchas veces y nunca has querido.

—Porque siempre lo dices de broma.

Bernardo se pone serio otra vez, deja su copa sobre la mesa de centro, me toma la mano y me mira a los ojos.

—¿Por qué crees que te lo digo en broma?

—Porque… siempre estás bromeando. —Un escalofrío me recorre la espalda.

—Nunca te lo he dicho de broma. Tú eres la que quiere creer que es así.

—Es que… yo pensé…

—Siempre me has gustado. Pensé que lo sabías.

—¿Por qué?

—¿Por qué, qué?

—¿Por qué te gusto? Hay muchas mujeres hermosas que te siguen, que te ruegan, me consta. La mayoría de ellas son inteligentes, de buena conversación, de cuerpos envidiables…

—Pero me gustas tú. No puedo imaginar a una mujer más bella.

No puedo moverme. La cara de Bernardo se acerca a la mía y no logro reaccionar. Si me besa otra vez…

—Te amo. Te amo desde hace años.

—¿Por qué no me lo habías dicho?

—Te lo he dicho muchas veces. Si no he insistido es porque trabajamos juntos, pero me vuelves loco.

Es verdad. Hace años que me lo dice pero nunca le creí. ¿Por qué un hombre como Bernardo podría amar a una mujer como yo? Lo he visto salir con mujeres bellísimas, millonarias, modelos, artistas. ¿Cómo podía creer que se fijara en alguien tan insignificante como yo…? ¡Ay! Me está acariciando la pierna… Me besa tiernamente…

¡Ahhh! ¿Ahora qué hago? En mis fantasías eróticas todo era más fácil. Ahí no tenía lonjas, no tenía estrías, no tenía panza. En mis sueños sexuales no había que esconder nada, tenía lencería como la que usan las mujeres fatales en las películas: bata trasparente, roja, llena de lentejuelas, liguero, medias caladas, corsé, zapatos brillantes, altísimos o botas de pierna entera, maquillaje de vampiresa pero, al mismo tiempo, una mirada ingenua y llena de ternura. El cabello me caía sobre los hombros y se deslizaba sobre mis pechos. La música era suave, la luz tenue, la champaña enfriándose en la hielera y Sean Connery, Mel Gibson, George Clooney, Brad Pitt o Tom Cruise, según fuera el caso, vestido con *smoking*. Lentamente se quitaba el saco y, al más puro estilo de James Bond, servía la champaña y me la ofrecía junto con una fresa.

No sé qué hacer, me siento primeriza. Hace muchos años que no estoy sola con un hombre. De hecho, nunca estuve con un hombre como éste. No estoy en una habitación de lujo con un galán de cine, no hay champaña, no hay una bata sexi, no llevo un sostén de lentejuelas, no llevo tanga y… ¡carajo!, me acabo de acordar que mi ropa interior es la más vieja y está rota porque no tuve tiempo de lavar esta semana. Y Bernardo es el hombre de mis sueños, ¿para qué lo niego? Siempre me ha gustado y es mejor que cualquier actor de cine, mejor que los héroes de mis novelas eróticas, mejor… mejor salgo corriendo.

—No, señorita —me dice Bernardo al tiempo que me quita la bolsa que intento echarme al hombro para huir del lugar—. Usted está secuestrada, porque ya no resisto más. —Me da la vuelta y me besa tiernamente—. Hace años que te deseo. Hace años que maldigo mi ética profesional y la estúpida regla de no relacionarme con mis subordinados. ¡Bendije el momento en que me dijiste que renunciarías! Pero luego tuve miedo de no verte a diario. Nunca he deseado tanto a alguien…

Mis piernas no me responden. Bernardo me da un beso, mucho menos tierno e inocente que los que me ha dado. ¿Por qué me engañé a mí misma pensando que no pasaría? ¡Por favor, que apague la luz! Que no vea mi ropa interior vieja y sin gracia, mis piernas llenas de venas, sin depilar, mis brazos flácidos, mis…

—Desnuda eres todavía más hermosa que en mis mejores fantasías, Rebeca.

¡Que vea lo que quiera y que haga todo lo que desee! Esta vez no voy a correr. No voy a huir.

## 26

¿A qué huele? Mmm, son huevos con chorizo. Renata debe haber vuelto esta mañana. No… Si estoy en casa de Bernardo. ¡Dios mío! ¡Me atreví! ¡Realmente lo hice! Es como un sueño. Soy una tonta. ¿Por qué no lo hice antes? ¡Le tengo que contar a alguien! ¡¡Contesta, tonto Fer…!! El buzón de voz. ¡Me lleva…! Debe estar en cirugía… Bertha... no, ella no, eso tengo que consultarlo con Bernardo. ¡Ya sé!

—¿Bueno?

—¿Chiquis? Habla Rebeca.

—¡Hola, buenos días! No esperaba escucharte hoy. ¿Qué pasó, preciosa?

—¡Me atreví! Estoy en casa de Bernardo.

—¡Vaya! ¡Menos mal! Pensé que ibas a seguir perdiendo el tiempo. Y, ¿qué tal?

—¡Maravilloso! Ahora mismo está haciendo el desayuno y yo siento como si estuviera soñando.

—¡Me tienes que contar todo!

—Claro que sí, necesito que me aconsejes.

—Por supuesto, pero no te compliques. Tú déjate llevar.

—Tengo miedo, Chiquis.

—No seas tonta. Si quieres ven esta tarde a platicar.

—No, mejor será mañana, pero tenía que contártelo.

—Y te lo agradezco. Sigue disfrutando, con suerte y hay repetición después del desayuno.

—No creo, hay que ir a la oficina.

—Siempre hay algún pretexto para llegar unos minutos… o unas horas tarde. Pásala bien y mañana platicamos.

—Muchas gracias.

—Hasta mañana. ¡Suertuda!

—¡Hasta mañana!

¡Oh, por Dios! Ése es Bernardo entrando con una charola y un desayuno enorme. ¡Qué hermoso es! ¡No puedo creer que esté pasando esto!

—¡Buenos días, dormilona!

—¡Buenos días! ¿Qué traes ahí?

—El desayuno. Como tus ronquidos no me dejaban dormir, mejor me levanté a hacer algo para comer.

—¿Tú cocinaste? ¿No que no sabías cocinar?

—No sé cocinar, pero tengo algo mejor.

—¿Qué?

—Una criada encantadora que siempre me hace el desayuno. Es mi tesoro más preciado.

—¡Eres un vago!

—Y tú una reina.

Me vuelve a besar. No sé qué fue lo que detonó esto pero me arrepiento de no haberlo hecho antes. Tal vez fue perdonar a mi madre, tal vez fue la limpieza que ha estado haciendo Renata, tal vez fue el quemar la cruz, tal vez…

—¡Eres una diosa!

—No digas tantas tonterías, que me las voy a creer.

—Y tú no seas tan hermosa porque no voy a querer ir a trabajar y hay muchos pendientes. Ayer no me paré por la oficina.

—¿De verdad tienes que ir?

—Sí. Tengo que dejar marchando los proyectos en los que estoy para poder trabajar en el de la Chiquis. Apúrate a desayunar y te llevo a tu casa. Hay que abrir las ventanas para ventilar el olor de la fumigación.

—Yo quería estar contigo. Y siempre hay buenos pretextos para llegar tarde unos minutos… o unas horas.

Un beso furioso me silencia.

—Entonces deja de hablar…

❀❀❀

El desayuno ya está frío, pero no importa, tenemos mucha hambre. Bernardo toma una ducha rápida y se viste a toda prisa. Con ese traje se ve casi tan bien como cuando está desnudo.

—Termino mis asuntos y voy a tu casa. ¿Quieres ir a bailar?

—Quiero estar contigo.

—Tengo que trabajar.

—Está bien. Pero nos vemos esta noche.

—En cuanto arregle todo voy a verte.

—¿Qué quieres cenar?

—A ti.

Y otro beso interrumpe la plática. Si esto sigue así no vamos a terminar nunca. Aunque, la verdad, no quiero que se acabe jamás.

—Me encantaría cenar pasta. ¿Se puede?

—¡Hecho!

El desayuno está exquisito y más aun viendo a un hombre así de glorioso enfrente. Me recuerda los desayunos con las Chiquis, viendo a Ramón. Pero éste es sólo mío.

—Vamos. Hay que apurarse porque… ya quiero regresar.

❧❧❧

No sé en qué segundo llegamos a casa. Los semáforos en rojo, que siempre me han hecho rabiar, ahora me parecieron insuficientes. Con el tránsito de la mañana y los semáforos pude seguir con una buena sesión de besos, pero eso se acabó.

—Vengo más tarde.

—Mejor quédate.

—No puedo. Más tarde, te lo prometo.

Un beso más. Me siento como una adolescente. Algo me distrae. Volteo y brinco de susto. Es Renata, viendo por el cristal del auto.

—¡Buenos días, madrina! ¡Buenos días, señor!

—Buenos días, Renata. Me asustaste.

—Dispense usté, madrina, pero estaba esperando que llegara. Como no tengo llave…

—Es cierto. ¡Discúlpame! Hoy mismo saco una copia… bueno, mejor dos —digo, viendo a Bernardo, quien se sonríe. Bajo del auto.

—Hasta al rato.

Arranca el auto, se despide con la mano. Yo me quedo como ida.

—Madrina… —Me dice mirándome con una sonrisa traviesa y los ojos muy abiertos.

—¿Sí?

—Está muy guapo su novio.

—¿Verdad que sí?

—¿Podemos entrar? Hay harto trabajo y traigo hartos encargos de la abuela.

—¡Claro! Vamos.

Entramos a la casa. No veo cadáveres de bichos, pero estoy segura de que los voy a encontrar. Abrimos las ventanas para ventilar.

—Huele bien raro, madrina.

—Es que ayer fumigamos. Por eso no estuve en la casa —*¿Por qué te justificas? Renata no es tonta.*

—Entonces habrá que barrer mucho. ¿Y esas cajas?

—Son libros. No me las muevas, tengo que seleccionarlos.

—Ta' bueno, madrina. Mire, traigo hartos encargos. Dice mi abuela que muchas gracias por el dinero, que Dios se lo ha de pagar. También me dijo que ha sido muy difícil, pero que ya pronto va a poder estar tranquila, que ya su mamá se va a estar quieta. Ora traigo un amuleto pa' usté. —Me da una piedra muy bonita que viene en una bolsita de yute—. Que ha de traerlo con usté, pero que, como ya sabe que es muy distraída, pues que mejor lo eche en su bolsa pa' que no haya olvidos.

—Muchas gracias. —Tomo la piedra y la pongo en mi bolso.

—Este otro —dice, sacando una bolsita—, es para la señora que la ha estado ayudando. Que es en agradecimiento, que ella sabrá qué hacer con él.

—¿Y tu abuela cómo sabe?

—Ya ve, madrina, así es mi abuela. Yo ya ni pregunto.

—¿Y qué es? —digo tomando la bolsita y tratando de sacar lo que tiene dentro.

—¡No, madrina! —grita Renata, quitándome la bolsita—. Usté no tiene que tocarlo, es para su amiga.

—Dile que muchas gracias.

—También le manda decir que hizo bien en quemar la cruz, pero que, pa' otra vez, no se ande metiendo en lo que no sabe hacer, que es muy peligroso.

Me siento muy apenada porque tiene razón.

—Mejor ni te pregunto cómo se enteró.

—Mejor, madrina. Por cierto, ¿onde puso las cenizas?

—Todavía están allá atrás.

—Hay que sacarlas. Orita lo hago yo.

—Dios las bendiga por todo lo que hacen por mí. —Me siento tan rara dando bendiciones, pero Renata se las gana.

—No tiene por qué, madrina. A quien hace el bien se le regresa diez veces.

Entro a la cocina. ¡Aggghh! Aquí ya se ven algunos cadáveres. ¡Qué asco! ¡Aquella se está retorciendo! Mejor me salgo.

—¿Qué pasó, madrina? —dice Renata, entrando con una bolsa que lleva, seguramente son las cenizas de la cruz.

—¿De qué?

—¿Por qué gritó?

—¿Grité? No me di cuenta. Es que ya encontré muchos bichos muertos.

—Déjelos usté. Orita yo los barro. Vaya usté a otra parte, que hay mucho que hacer.

Le tomo la palabra. Subo a mi recámara pero, al pasar frente a la de mi madre, algo me hace entrar. Está limpia, se ve iluminada, ¿y el altar?

—Madrina…

—¿Tú limpiaste esto?

—Sí, usté me dio permiso.

—Ya sé, pero es que lo dejaste muy bien. Yo tenía varios días trabajando aquí y tú lo lograste en unas horas.

—Primero hay que limpiar lo malo que causa la suciedad, después es más fácil dejarlo limpio.

—¿Te refieres al altar?

—¡Ay, madrina! Yo no sé por qué usté es tan buena gente. Su mamá hacía cosas muy malas.

—No era mala, sólo estaba equivocada.

—Como usté diga, madrina —me contesta nada convencida.

—Vengo a decirle que no hay nada pa' comer.

—Es cierto, como íbamos a fumigar ya no compré nada. ¿Puedes ir al mercado?

—Sí. Nomás me dice qué quiere y yo voy.

—Pero primero dale una barridita a la cocina, por favor.

—Claro, madrina, usté no se apure.

—Renata, te agradezco mucho que me estés ayudando pero no te he preguntado por la escuela.

—Voy bien, madrina. Estoy en la abierta, pero estudio mucho, no se preocupe.

—No quiero que dejes de hacerlo.

—No, madrina, se lo prometo.

Le hago la lista de lo que necesito para la comida y para la cena con Bernardo. Aunque creo que será mejor cenar en su departamento. Renata es muy discreta, pero prefiero estar allá, a mis anchas. No quiero que el fantasma de mi madre se aparezca para reclamarme mi conducta en su casa. ¡Qué escalofrío! Mejor voy a la biblioteca de papá.

¡Condenado teléfono! ¡Qué susto me dio!

—¿Bueno?

—¿Estás bien? ¡¿Qué te pasa?!

—Sí estoy bien, Fer. ¿Por qué?

—Tengo cinco llamadas perdidas tuyas. No dejas mensaje, ¿qué ocurre?

—Todo. Pasé la noche con Bernardo.

—¡¿Qué?! ¡Me lleva! ¡Y yo tengo que entrar a otra cirugía! ¿Te fue bien?

—Maravillosamente.

—Me tengo que ir, pero en la noche me cuentas.

—En la noche no te podré contar, tengo una cita.

—No te preocupes, me espero a que Bernardo me lo cuente mañana en el tenis.

—Si es que lo dejo ir…

## 27

Me hacía falta el sueñito. Me cansé tanto que hasta estoy mareada. ¿O tal vez…? No. Es imposible que esté embarazada, lo sé... Bueno, podría estar embarazada pero es imposible saberlo ahora, además… ¡¡espero que no!! ¡Me sentiría señora Santa Ana! Debe ser un pequeño mareo por el esfuerzo, no estoy acostumbrada a estas actividades y me duele todo… Sólo que sea un embarazo sicológico… ¡Ay, cabrón! ¡¡Está temblando!!

—¡Renata! ¡¡Renata!!

Se fue al mercado, se me había olvidado. Respira, por favor, respira. Ya está pasando… ¡Carajo! Más bien está más fuerte. ¿Qué hago? *«No grites, no corras, no empujes»*, como decían las monjas. ¡Que se vayan a la mierda, yo grito lo que se me antoja! *¡Ahhhhhhhh!* ¿Saldré corriendo? ¡Ni madres! Con el piso de madera todo podrido me voy a caer.

A ver, despacio. Baja la escalera despacio. ¿Y cómo le hago, me lleva la chingada, si esto se mueve y cruje horrible? Me hubiera quedado en casa de Bernardo, así podría abrazarme, y besarme… y podríamos comenzar de nuevo… Nunca me sentí así con Rogaciano, ni con Erik, ni con Antonio… a él también le gustaba el café, decía que podría vivir en una cafetería. ¡Me lleva la chingada! ¡Ahora entiendo de dónde saqué lo de la cafetería! Pero ya no más. Incluso no me importaría morir en brazos de Bernardo. Me hubiera gustado meterme en su oficina, vestida como una dama, con traje sastre pegado, zapatillas muy altas, medias caladas, la falda tal vez un poco más corta de lo normal. El cabello recogido en un chongo a la española, adornado con una peineta de flores rojas, pequeñitas. Me lo imagino poniéndose de pie, devorándome con la mirada y lanzándose sobre mí, gentil pero con fuerza. Robándome un beso y desvistiéndome poco a poco. Me sostendría con ternura, me quitaría la peineta, me soltaría el cabello y me besaría mientras me quita el saco, la blusa, la falda, las medias y así, sin darme cuenta, me haría suya sobre el escritorio, en el piso, en el sillón, en…

Ya no se mueve el piso. De hecho, no sé cuánto tiempo llevo aquí pero me alegro de que no se haya caído la casa. Me alegro por muchas razones. La más importante es que no tengo idea de cómo terminé en esta posición sobre la escalera y con la blusa desabotonada… Me habría dado mucha vergüenza que los rescatistas me hubieran encontrado, debajo de los escombros, muerta en esta posición. ¡Ahhhh! ¡Pinche teléfono, qué susto me metió!

—Bueno…

—Hola, princesa. ¿Estás bien?

—¿Bernardo?

—Sí, mi vida. ¿Estás bien? ¿Cómo te fue de temblor?

—Me asusté mucho, pero estoy bien. Se sintió bastante fuerte.

—Imagínate cómo se sintió aquí, en el décimo piso.

—De veras… ¿tú estás bien?

—No…

—¿Qué te pasó?

—Me pasó que hubiera querido estar junto a ti, abrazarte, besarte…

—A mí también me habría gustado… y mucho.

—Traté de llamarte antes, pero las líneas estaban saturadas. Afortunadamente no hubo daños graves en la ciudad y no quedamos del todo incomunicados, pero como te estuve mandando mensajes en Facebook y tú no contestabas…

—Me… me quedé paralizada un buen rato. Me cuesta mucho trabajo controlarme en los temblores.

—Sí, eso le ocurre a muchas personas. Pero ya pasó, afortunadamente. ¿Nos vemos para comer? Lo más probable es que les dé el resto del día libre.

—¿En serio?

—Sí. Quiero que González revise que no haya daño en el edificio y seguramente nos llamarán para inspeccionar construcciones. Para mi fortuna, yo no soy el especialista en estructuras. Mientras ellos hacen su trabajo yo puedo examinarte a ti, centímetro a centímetro… ¿Qué me dices?

—Pues… te espero en cuanto puedas. Mientras, me doy un baño.

—Oye…

—¿Sí?

—No es necesario que te vistas después del baño…

—Me temo que sí.

—No. Le voy a pedir a Bertha la llave que le dejó don Benito.

—Pero no quiero que Renata me vea así. Mejor vienes a comer y nos vamos a tu departamento. ¿Quieres?

—Muy buena idea. Voy a apurarme. Dejo que la gente recoja sus cosas, pongo a González a hacer las revisiones y voy por ti.

—Gracias por llamar.

—No, gracias a ti, por existir.

Escucho un beso del otro lado del auricular, lo devuelvo y luego cuelgo. No entiendo cómo es que no caí antes con Bernardo. Es el hombre ideal, es… ¡Ahhhhh! Voy a romper este estúpido teléfono.

—¿Bueno?

—¿Cómo estás? ¿Quieres que vaya contigo?

—Estoy bien, Fer. Me paralicé un rato, pero ya estoy tranquila. ¿Sabes si pasó algo fuerte?

—No, parece que no. De todos modos estamos alertas aquí en el hospital.

—¿Qué tal tu cirugía?

—Algo movida, pero salió bien. Te escucho muy tranquila.

—Sí, Bernardo me llamó hace un rato.

—¡Esos son hombres, chingao!

—Tengo miedo.

—Ya pasó el temblor. Ahora que pueda voy a verte.

—No, no es por eso. Tengo miedo de enamorarme.

—Hace muchos años que estás enamorada de Bernardo, aunque quieras negártelo.

—Sí, pero, ¿si no se quiere casar conmigo?

—¡¿Casarse?! ¡Estás loca! Apenas te besó antier por primera vez y tú ya estás pensando en matrimonio. No seas ridícula.

—Pero si…

—Eres una mujer adulta, madura, moderna, ¿para qué quieres casarte? No digo que no lo hagas, pero no es realmente importante. ¿O qué? ¿A tus cincuenta y tantos años quieres tener hijos y debes casarte para darles un nombre?

—¡Ay, no! Ni a los cincuenta ni a los veinte años. Nunca tuve la intención de tener hijos.

—¿Entonces? ¿Cuál es tu apuro? Bernardo te quiere hace años. Disfruta tu relación y deja de pensar sandeces.

—Tienes razón. La voz de mi madre aún me persigue.

—No culpes a tu madre de todas tus mojigaterías.

—Está bien, está bien. Ya entendí. Pero tenía miedo.

—Sí, lo entiendo. Menos mal que era eso. Me preocupaba que fueras a salir con las tonterías esas de que los cataclismos son resultado de tu liviandad.

—Pues, sí lo pensé, la verdad. No se puede negar que mis malas acciones coinciden con los terremotos.

—¡No son malas acciones! No hay nada de malo en lo que hiciste. Son dos adultos solteros. Además, que tiemble en la Ciudad de México no tiene nada de extraordinario.

—Puede ser, pero me preocupa una cosa.

—¿Qué?

—Que, si es verdad que mi conducta provoca catástrofes, con los magníficos desayunos y comidas en casa de la Chiquis, mirando la espalda de Ramón, mi amistad contigo, con Bertha y los encuentros con Bernardo… me temo que vamos a tener terremotos muy seguido.

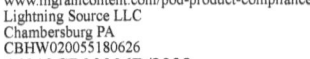